국어 교과서가 사랑한
중학교
소설 읽기

중 **3** 첫째 권

국어 교과서가 사랑한
중학교 소설 읽기 : 중3 첫째 권

초판 1쇄 • 2019년 11월 15일
초판 5쇄 • 2024년 4월 22일

엮은이 | 전국국어교사모임(강양희, 강현, 김상용, 김언주, 김중수, 김지령, 안용순, 윤기자)
펴낸이 | 송영석

개발 총괄 | 정덕균
기획 및 편집 | 조성진, 김형국, 박수희, 조유진, 이진화
마케팅 | 이원영, 최해리
도서 관리 | 송우석, 박진숙
표지 디자인 | 해냄출판사 디자인실(박윤정, 김현철)
본문 디자인 | 디자인몽클
일러스트 | 양경미

펴낸곳 | (주)해냄에듀
신고번호 | 제406-2005-000107
주소 | 서울특별시 마포구 잔다리로 30 해냄빌딩 3, 4층
전화 | 02)323-9953
팩스 | 02)323-9950
홈페이지 | http://www.hnedu.co.kr

ISBN 978-89-6446-174-7 44810

• 파본은 본사나 구입하신 서점에서 교환하여 드립니다.

국어 교과서가 사랑한

중학교
소설 읽기

중 3 첫째 권

전국국어교사모임 엮음

국어 교과서가 사랑한 소설들을 엮으며

　우리말을 다 아는데 국어를 왜 배우느냐고 질문하는 학생들이 있습니다. 우리는 왜 우리말과 우리글을 배울까요? 왜 소설을 읽을까요? 우리는 문학을 통해 말과 글의 아름다움을 느낄 수 있고, 경험하지 못한 또 다른 넓은 세상을 만날 수 있습니다. 소설 속에는 다양한 사람들이 살고 있고 그들을 통해 인간이 겪는 다채로운 갈등과 삶에 대해 이해할 수 있습니다. 소설은 이야기를 담고 있어서 읽기만 해도 저절로 재미를 느낄 수 있고, 작가의 치밀한 계산 아래 등장하는 인물들의 생각과 행동을 통해 지혜로움과 생각하는 힘을 기를 수 있습니다. 기사문이나 실용적인 글에서는 만날 수 없는 아름답고 감성적인 표현을 통해 읽는 이의 감성도 풍요로워지는 것은 덤입니다. 청소년기에 좋은 소설을 읽는 것이 꼭 필요한 것은 이런 이유들 때문입니다.
　그렇다면 중학교 국어 교과서에는 어떤 소설들이 실려 있을까요?
　이 책에 실린 소설은 '2015 개정 교육과정'에 따른 중학교 3학년 국어 교과서 9종에 실린 작품 가운데 우리가 꼭 읽어야 할 작품을 가려 뽑은 것입니다. 학생들이 어떤 소설에 열광하고 어떤 작품을 지루해하는지 가장 잘 아는 선생님들, 어떻게 하면 학생들이 소설을 즐겁게 만날 수 있을까를 고민하는 중학교 국어 선생님들이 모여서 선정했습니다. '교과서가 사랑한 중학교 소설'이란 여러 번의 교과서 개정이 있었음에도 꾸준히 교과서에 실린 작품, 시대의 변화에 맞추어 새롭게 교과서에 실려 주목을 받고 있는 작품일 것입니다.
　그러나 교과서에 실리지 못한 훌륭한 소설들도 많습니다. 중학교 국어 교과서에는 실리지 않았지만 우리가 꼭 읽어야 할 소설에는 어떤 것이 있을까요? 주제와 소재가 참신하고 문학성이 매우 뛰어남에도 교과서 지면의 한계로 인해 교과서에 실리지 못한 작품들이 있습니다. 우리가 중학교 때 꼭 읽어야 할 소설들을 고를 때에는, 이러한 소설까지도 포함시켜야 합니다. 이 책에서는 중학교 국어 교과서에 실린 소설들뿐만 아니라, 교과서에 실리지 않았지만 교과서가 눈여겨보고 있는 소설들까지 다루고 있는 것이 장점입니다.

소설 본문 뒤에는 작품의 내용을 확인하는 활동, 생각을 깊게 할 수 있는 질문, 다르게 생각해 보는 활동들을 마련했습니다. 소설 이해에 도움이 되는 해설을 덧붙여 혼자 힘으로도 소설 공부를 할 수 있도록 했습니다. 제한된 지면 너머로 생각을 넓히기 위해 함께 읽으면 좋을 작품들도 소개하였습니다.

조심스럽게 이 책의 특징으로 내세울 수 있는 또 한 가지는, 우리 민족의 반쪽인 북한 국어 교과서(초급중학교 국어 교과서)의 소설들을 함께 실었다는 것입니다. 북한의 중학생들이 배우는 소설과 활동들을 살펴보는 것은, 미래의 통일 세대가 될 청소년들에게 매우 의미 있는 일이 될 것입니다.

전국국어교사모임은 다양성 시대, 통일 시대를 살아가는 청소년들에게 추천할 만한 소설들을 모아, 나의 삶에서 시작하여 우리 모두의 삶까지 같이 고민하는 자리를 만들고자 『중학교 소설 읽기』 시리즈를 엮었습니다. 소설이 주는 재미, 다양한 삶을 만나는 감동, 스스로 공부하는 즐거움. 이 세 마리 토끼를 모두 잡을 수 있기를 바랍니다.

● 『중학교 소설 읽기』 시리즈 집필자들이 ●

 차례

국어 교과서가 사랑한 소설들을 엮으며 • 4

양귀자, 「길모퉁이에서 만난 사람들」 • 9

조정래, 「마술의 손」 • 21

하근찬, 「수난이대」 • 57

작자 미상 / 장재화 풀이, 「박씨전_낭군 같은 남자들은 조금도 부럽지 않습니다」 • 79

작자 미상 / 장재화 풀이, 「토끼전_꾀주머니 배 속에 차고 계수나무에 간 달아 놓고」 • 107

알퐁스 도데 / 표시정 옮김, 「코르니유 영감의 비밀」 • 129

교과서 밖 소설

◢ 김탁환, 「눈동자」 ● 143

◢ 박상률, 「가장의 자격」 ● 171

북한 교과서 소설

◢ 전봉욱, 「골치거리를 수매하였던 아이」 ● 189

작품 출처 ● 205

작품 수록 교과서 ● 206

활동 예시 답안

| 일러두기 |

- 이 책에 실린 교과서의 소설들은 2015 개정 교육과정에 따른 중학교 국어 3-1과 3-2 교과서 9종에 실린 작품들입니다. 각 작품이 실린 교과서는 이 책의 맨 뒤에 있는 '작품 수록 교과서'를 참고하시기 바랍니다.

- 이 책에 실린 북한 교과서 소설은 어휘와 띄어쓰기 등 북한 교과서의 표기를 그대로 따랐습니다. 북한 교과서 소설의 활동하기 부분에 제시한 '북한 교과서 활동 보기' 역시 마찬가지입니다.

- 이해하기 어려운 어휘는 풀이를 달았습니다. 특히 북한 소설에 쓰인 어휘 중 남한에서 잘 사용하지 않는 것은 그에 해당하는 남한의 어휘를 같이 보여 주었습니다.

- 본문의 작품에 따른 '활동하기'에 대한 예시 답안은 이 책의 맨 뒤에 분리가 가능하도록 제작하였으며, 해냄에듀 홈페이지(http://www.hnedu.co.kr)를 통해서도 그 내용을 보실 수 있습니다.

길모퉁이에서
만난 사람들

우리 동네 예술가 두 사람

양귀자(1955~)

양귀자 작가는 전라북도 전주에서 태어났습니다. 1978년에 「다시 시작하는 아침」으로 『문학사상』 신인상을 수상하며 작품 활동을 시작했습니다. 평범한 일상 속 소시민의 삶을 따뜻한 시선으로 그린 작품들을 써 왔습니다. 그 대표적인 작품이 1980년대 경기도 부천의 한 동네에 사는 서민들의 모습을 다룬 연작 소설 「원미동 사람들」입니다. 「귀머거리새」, 「지구를 색칠하는 페인트공」, 「슬픔도 힘이 된다」, 「희망」, 「모순」 등을 펴냈습니다.

"당신은 예술가인가요?"라고 누군가 묻는다면 어떻게 대답하실래요?

아마도 아니라고 대답했을 가능성이 높을 겁니다. 그렇다면 예술이란 무엇일까요? 난해하거나 높은 경지에 이른, 아름다운 예술 작품을 만들어야지만 예술가라고 불릴 수 있을까요?

우리는 일상생활 속에서도 "우와, 이거 완전 예술이네."라고 감탄할 때가 있습니다. 이 소설의 작가는 너무나 평범해 보이는 우리 주변의 사람들을 관찰하며 그들을 예술가라고 부릅니다. 작가가 평범함 그 자체인 동네 사람들에게서 무엇을 발견했는지 함께 찾아봅시다.

 **생각 열기** 예술가라고 하면 어떤 이미지가 떠오르나요?

길모퉁이에서 만난 사람들

• 양귀자 •

우리 동네 예술가 두 사람

 북한산 자락에 둘러싸여서 사시사철 웅장한 자연의 작품을 감상하며 살 수 있는 우리 동네에 오면 예술인들을 많이 만날 수 있다. 우선은 미술관이 두 개나 있어서 자연• 화가들이 자주 모이고 그림을 좋아하는 미술 애호가들의 발길도 잦다.
 그런가 하면 소설가나 시인들도 여러 명 이 동네에 주민 등록을 얹어 놓고 있다. 자리를 잡고 살고 있는 그들이 얼마나 동네 예찬론을 폈는지 앞으로 이 동네로 이사 오겠다고 마음먹고 있는 소설가나 시인도 부지기수이다.
 그밖에도 음악이나 방송, 혹은 언론에 종사하는 사람들도 가끔씩 만나게 되는데 나로서는 그들이 근방에 사는 사람들인지, 아니면 방문객들인지는 알 도리가 없다. 다만 다른 곳에 비해서 예술인이라 부를 수 있는 사람들과 자주 부딪치게 되는 것만은 사실이다.
 우리 동네의 또 하나의 특색은 규모가 작은 카페들이 아주 많다는 것이다. 그래서 흔히 동네 앞 큰길을 우리는 '카페 거리'라고 부른다.

• **자연** 사람의 의도적인 행위 없이 저절로.

일일이 세어 보지 않아서 장담은 못 하지만 적어도 수십 개에 이르는 작고 아담한 카페들이 길 양쪽에 늘어서 있고, 각각 내걸고 있는 상호들은 또 얼마나 예술적인지 카페 간판들을 죽 읽다 보면 흡사●한 편의 서정시를 감상하는 기분이 되곤 한다.

그곳을 자주 찾는 글 동네 선배 말씀에 의하면 이들 카페의 주 고객들은 거의가 '쟁이'라고 했다. 일부러 먼 곳에서 찾아오는 '쟁이'와 근처의 '쟁이'들로 밤마다 북적거리는데 그 외에도 술 좋아하는 대학교수들까지 합세해서 그 많은 카페 주인들을 먹여 살린다는 것이었다.

예술적인 동네 분위기 때문에 카페들이 많이 생겨났는지, 아니면 카페들이 많아서 예술인들이 많이 모이는 것인지, 그 앞뒤 연결 사항은 나도 잘 모르는 일이다. 하지만 이곳 카페들이 술 좋아하는 빈약한 주머니 사정의 '쟁이'들을 넉넉하게 포용하고 있는 것을 보면 퇴폐●와 환락●으로 눈살을 찌푸리게 하는 여느 술집들과는 여러모로 다르다는 것은 분명한 사실이다. 우리 동네에서는 카페조차 예술적인 것이다.

이제까지 나는 우리 동네의 예술적 분위기에 대하여 긴 설명을 했다. 물론 끝없는 자기 극복과 한없는 자기 단련으로 고통의 창조 작업을 하고 있는 예술인들이 많이 모인다는 이야기도 했다.

하지만 내가 하고자 하는 '예술가' 이야기는 지금부터가 시작이다. 나는 내게 감동을 준 두 명의 예술가들에 관해 말하려고 여태까지 긴 서두를 펼치고 있었던 셈이었다. 이 두 명의 예술가들이 만드

● **흡사** 거의 같을 정도로 비슷한 모양.
● **퇴폐** 도덕이나 풍속, 문화 따위가 어지러워짐.
● **환락** 아주 즐거워함. 또는 아주 즐거운 것.

는 작품은 어떤 것이고, 또 그들은 어떤 생활을 하고 있는지에 대해서는 지금부터의 이야기가 말해 줄 것이다. 그 전에 한 가지 미리 말해 두는 바이지만, 이 두 사람의 예술가들을 보고 싶다면 언제라도 우리 동네에 오면 된다. 그들은 이 동네의 한가운데에서 매일같이 성실하고 끈질기게 자신의 진지한 '예술'에 몰두해 있으니까.

우선 그 첫 번째 예술가.

그이는 늘 흰 가운을 입고 있다. 그리고 여자이다. 이렇게 말하면 여류 조각가를 상상할지도 모르겠다. 아니, 그 짐작이 맞을지도 모른다. 그이가 빚어내는 작품도 일종의 조각이라면 조각일 수도 있다.

그이는 매일 아침 9시에 일터로 나와서 다시 저녁 9시가 되면 가운을 벗고 집으로 돌아간다. 일터에서의 그이는 다소 무뚝뚝하고 뻣뻣하다. 남하고 싱거운● 소리를 나누는 일도 거의 없다. 잘 웃지도 않는다. 오히려 늘 화를 내고 있는 것처럼 보이기도 한다.

그런 얼굴로 그이는 늘 일을 하고 있다. 그이가 만드는 작품은 불티나게● 팔리고 있으므로 하기야 쉴 틈도 많지 않다. 묵묵히 일만 하고 있는 그이를 우리는 '김밥 아줌마'라고 부른다. 따라서 그이가 만드는 작품은 자연히 김밥이라는 이름을 가지고 있다. 하지만 그이의 김밥은 보통의 김밥과는 아주 다르다. 언제 먹어도 그이만이 낼 수 있는 담백하고 구수한 맛이 사람을 끌어당긴다. 그이의 김밥은 절대 맛을 속이지 않는다.

● **싱거운** 사람의 말이나 행동이 상황에 어울리지 않고 다소 엉뚱한 느낌을 주는.
● **불티나게** 물건을 내놓기가 무섭게 빨리 팔리거나 없어지게.

김밥 아줌마는 작품을 만들 때 사람들이 보고 있으면 막 화를 낸다. 누군가 쳐다보면 마음이 흔들려서 실패작만 나온다는 것이다. 김밥을 말고 있을 때는 누가 무슨 말을 해도 들은 척을 하지 않는다. 한 번 더 말을 시키면 여지없이 성질을 내며 일손을 놓아 버린다. 그이는 파는 일엔 전혀 관심이 없고 오직 김밥을 만드는 그 행위에만 몰두해 있는 사람처럼 보인다.
　언젠가 나도 무심히 김밥 마는 것을 구경하고 있다가 당했다. 쳐다보고 있으니까 김밥 옆구리가 터지는 실수를 다 한다고 신경질을 내는 그이가 무서워서 주문한 김밥을 싸는 동안 멀찌감치 떨어져 있었다. 그러나 집에 돌아와서 먹어 본 김밥은 그이에게 당한 것쯤이야 까맣게 잊어버리고도 남을 만큼 그 맛이 환상적이었다. 그 김밥은 돈 몇 푼의 이익을 위해 말아진 그런 김밥이 아니었다. 나는 그래서 그이의 김밥을 서슴지 않고 '작품'이라고 부른다.

그 두 번째 예술가.

그는 이제 막 오십 고개를 넘은 남자이다. 하루도 빠짐없이 머리에 얹어 놓고 있는 빵떡모자*와 아직은 듬직한 몸체, 그리고 늘 웃는 얼굴의 그이는 일 년 열두 달 거의 빠짐없이 하루에 두 차례씩 내가 사는 연립 주택의 마당에 나타난다. 자식들의 결혼 날이거나 아니면 길이 꽁꽁 얼어붙어 오르막인 이곳까지 트럭이 못 올라오는 한겨울 며칠을 제외하면 오전 10시 무렵과 오후 4시경에는 어김없이 주홍 휘장을 두른 그의 트럭을 볼 수가 있다.

그가 등장하는 모습은 언제나 일정하다. 먼저 귀에 익은 바퀴 구르는 소리와 함께 그가 운전하는 주홍 트럭이 언덕배기*를 올라온다. 차를 세운 다음에는 얼른 확성기를 들고 운전석에서 뛰어내린다. 빵떡모자를 쓴 그는 확성기에 대고 자신이 심혈*을 기울여 골라 온 물건의 이름을 하나하나 부른다. 양파나 버섯 있어요. 싱싱한 오이와 배추도 있어요. 엄청 달고 맛있는 복숭아나 포도 있어요…….

그다음엔 그를 기다리고 있던 이웃들이 하나씩 둘씩 모여드는 것이다. 언덕배기를 내려가서 또 버스를 타고 가야 이웃 동네의 시장이 나오는지라 이웃들은 대부분 그에게서 필요한 먹거리들을 사고 있다. 게다가 뜨내기* 행상 트럭도 아니고 고정적으로 드나드는 단골인지라 물건만큼은 믿고 사도 좋았다.

하기야 그에게는 자신의 트럭 위에 있는 온갖 야채와 과일이 국

* **빵떡모자** 차양이 없이 동글납작하게 생긴 모자.
* **언덕배기** 언덕의 꼭대기. 또는 언덕의 몹시 비탈진 곳.
* **심혈** 마음과 힘을 아울러 이르는 말.
* **뜨내기** 일정한 거처가 없이 떠돌아다니는 사람.

내 최고라는 자신이 차고도 넘친다. 최고의 품질만을 고집하고 있다는 장사에 대한 그의 소신*은 실제에 있어서도 과히 틀린 바는 없다. 그는 오이 하나를 사는 손님일지라도 이 오이의 산지는 어디이고 도매가격은 또 얼마나 높은 최상품인가를 일일이 설명하느라고 늘 입이 쉴 새가 없다.

그뿐이 아니다. 지난번에 사 간 그 고구마가 과연 꿀맛이었는지, 엊그제 사 간 배추로 담근 김치가 연하고 사근사근한지*도 고객들한테 끊임없이 확인한다. 그런 과정에서 행여 고객의 불만이 포착되기라도 하면 그는 아예 장사고 뭐고 없이 그것의 규명*에만 매달린다. 그 고구마가 달지 않은 것은 삶는 방법에 문제가 있었는지 아니면 그런 고구마를 도매 시장에서 떼 온 자신의 안목이 모자라서였는지를 속 시원하게 판가름*하지 않으면 직성이 안 풀리는 사람이 바로 주홍 트럭의 주인인 빵떡모자 아저씨인 것이다.

그는 자신이 파는 물건이 최고라는 소리를 듣기 위해서 트럭 행상을 하는 사람처럼 보인다. 손님이 없을 때는 늘 자신의 물건들을 정리하고 다듬는 일에 몰두해 있는 사람이고 호박 한 개를 집을 때도 두 손으로 조심조심 그것을 받들어 올린다. 그는 자기가 팔고 있는 쑥갓이나 양파에 대해 이야기하기를 좋아한다. 나는 그가 다른 화제를 입 밖에 올리는 것을 본 적이 없다. 그는 언제나 마늘이나 포도, 쪽파나 무에 대해서 이야기한다. 그것들이 왜 좋은 물건인지에

* **소신** 굳게 믿고 있는 바. 또는 생각하는 바.
* **사근사근한지** 사과나 배 따위를 씹는 것과 같이 매우 보드랍고 연한지.
* **규명** 어떤 사실을 자세히 따져서 바로 밝힘.
* **판가름** 사실의 옳고 그름이나 어떤 대상의 나음과 못함, 가능성 따위를 판단하여 가름.

대해서만 이야기한다. 가령 이런 식이다.

"이 마늘 보세요. 어느 한군데도 흠이 없잖아요. 요렇게 불그스름하고 중간짜리가 상품이지요. 그리고 요 반듯반듯하게 파인 줄을 보세요. 이런 것은 짜개면 어김없이 여덟 쪽이지요. 이보다 더 좋은 마늘 파는 사람 있으면 어디 나와 보라고 하세요. 정말이에요. 그런 사람이 나 말고 또 있다면, 만약 그렇다면 나 그날로 이 장사 집어치울 거예요. 아니, 정말 그렇게 한다니까요."

내가 보기에는 만약 그런 사람이 나타나면 장사를 집어치우는 것으로 끝낼 그가 결코 아니다. 아마 그 이상의 불행한 일이 일어날지도 모른다. 세상에서 예술가들만큼 자존심이 센 사람은 없으니까. 그리고 최고의 가치만을 추구하는 주홍 트럭의 그는 분명 예술가임이 틀림없으니까.

❶ '우리 동네 예술가 두 사람'의 인물이 지닌 특징을 통해 왜 예술가로 불리는지 이유를 파악해 봅시다.

- 무뚝뚝하고 뻣뻣함.
- 김밥을 말고 있을 때, 보고 있으면 ① _____ .
- 말을 시키면 들은 척하지 않고, 또 말을 시키면 ② _____ .

→ ③

- 오십이 넘은 남자
- 빵떡모자를 쓰고 듬직한 몸
- 자신이 파는 채소와 과일이 ④ _____ .
- 자기가 팔고 있는 물건에 대해 ⑤ _____ 을/를 좋아함.

→ ⑥

❷ 「길모퉁이에서 만난 사람들」은 모두 5개의 짧은 이야기로 이루어져 있습니다. 나머지 4개의 제목만 보고 어떤 사람들에 대한 이야기인지 추측해 봅시다.

제목	내용	
	직업	특성
여행가 김 선배	①	평범한 동네를 여행하는 기분으로 누빈다.
긴데요,의 김대호 씨	회사원	②
맹장, 박영국 씨	식품 회사 자재과에서 근무	③
전파상의 김 박사	④	고장 난 물건을 척척 잘 고친다.

❸ '길모퉁이에서 만난 사람들'이라는 제목의 의미를 생각해 보고, 내 주변에 그런 사람들로는 누가 있을지 이야기해 봅시다.

다르게 읽기

❹ 게임을 하느라 밤을 새고 학교에 와서는 깊은 잠에 빠지는 친구를 본 적이 있나요? 아니면 좋아하는 가수를 위해 밤새 스트리밍을 하다 꾸벅꾸벅 조는 친구는요? 부모님이나 선생님께 매일 혼만 나는 것 같고 특별한 보상도 없는 것 같은데, 왜 그렇게 열심일까요? 혹시 그들도 예술가일까요? '예술가다', '아니다' 중에 하나를 선택해서 그 이유를 써 봅시다.

☐ 예술가다. 왜냐하면 _____
_____

☐ 아니다. 왜냐하면 _____
_____

 작품 해설

길모퉁이에서 만난 정겹고 친숙한 사람들

이 소설은 1980년대를 배경으로 하고 있습니다. 작가는 평범한 일상 속에서 만나는 소시민들의 모습을 세밀하게 관찰하여 연작 소설 형식의 인물 소설들을 많이 썼습니다.

그 중에서 「길모퉁이에서 만난 사람들」은 작가가 「원미동 사람들」을 썼던 경기도 부천시 원미동을 떠나 서울살이를 시작하면서 관찰한 인물들에 대한 이야기들입니다.

먼저 '우리 동네 예술가 두 사람'은 돈을 버는 것보다 김밥을 만드는 행위 그 자체에 몰입하는 김밥 아줌마와 최고의 품질만을 추구하는 트럭 행상 아저씨를 세밀하게 관찰하여 묘사합니다. 이를 통해 예술이란 거창한 것이 아니라 자신의 일에 몰입하며 자부심을 가지고 최고를 추구하는 것이란 점을 우리에게 일깨워 줍니다. 더불어 예술가란 특별한 사람이 아니며 나나 우리 주변의 모든 사람이 예술가일 수 있다고 말합니다.

「길모퉁이에서 만난 사람들」에는 이밖에도 여러 인물이 등장하여 저마다의 매력을 뽐냅니다. 명문대 석사 출신이지만 자유가 좋아 택시를 운전하며 여행을 즐기는 '여행가 김 선배', 큰 키만큼이나 길고(?) 느릿한 여유의 '긴데요,의 김대호 씨', 모든 행동과 대화를 군인처럼 하는 용맹한 '맹장, 박영국 씨', 전기 제품을 고치는 일에 자부심을 가졌으며 동시에 동네의 시시콜콜한 일을 모조리 알고 있는 동네 박사 '전파상의 김 박사' 등인데요, 이들도 일종의 예술가일 수 있을 것 같아요.

제목에서 알 수 있듯 '길 한가운데'가 아닌 '모퉁이'라는 소외된 공간에서 생활하는 사람들 한 명, 한 명이 바로 주인공들입니다. 자신만의 개성이 넘치는 평범한 사람들의 일상을 어쩌면 이리도 잘 관찰했을까요? 이 작품을 통해 매일 만나면서도 그냥 스쳐 보냈을 우리 이웃들을 재발견하게 됩니다. 특히 작가가 인물을 바라보는 따스한 시선은 읽는 이로 하여금 포근한 미소를 짓게 합니다.

엮어 읽기

조세희, 『난쟁이가 쏘아 올린 작은 공』
소외된 우리 주변의 사람들을 따스한 연민의 시선으로 그려 낸 양귀자의 소설과 달리, 1970년대에 쓰인 조세희의 『난쟁이가 쏘아 올린 작은 공』은 같은 연작 소설이면서도 당시 비참한 도시 하층민의 삶을 적나라하게 드러냅니다. 소설의 형식이나 대상이 같더라도 작가의 시선에 따라 얼마나 다를 수 있는지 느껴 보시기 바랍니다.

마술의 손

조정래(1943~)

조정래 작가는 전라남도 승주에서 태어났습니다. 1970년 『현대문학』에 「누명」이 추천되어 작품 활동을 시작했습니다. 산업 사회의 비인간적인 면과 비정함을 다룬 작품, 분단이라는 민족적 비극과 이를 극복하는 길을 모색하는 작품 등 다양한 영역을 아우르며 작품 활동을 펼쳐 오고 있습니다. 「황토」, 「유형의 땅」, 「외면하는 벽」, 「불놀이」, 「정글만리」, 「천년의 질문」 등과 대하소설 『태백산맥』, 『아리랑』, 『한강』 등을 펴냈습니다.

　우리는 아침에 스마트폰 알람으로 일어나 스마트폰으로 음악을 들으며 하루를 시작하곤 하죠. 등굣길에도 음악이나 방송을 듣고, 학교에서는 친구들과 옆자리에 있으면서도 SNS로 대화를 하는 친구들도 있어요. 좀 더 여유로운 방과 후에는 본격적으로 스마트폰 게임을 하거나 아니면 자신이 관심 있는 것들을 다룬 영상을 보면서 즐거운 시간을 보냅니다. 그런데 어느 날 갑자기 이런 편리한 스마트폰이 없어진다면 여러분의 생활은 어떻게 될까요?

　이 소설에는 지금의 스마트폰처럼 1970년대에 등장하여 사람들에게 즐거움과 편리함을 선사한 텔레비전이 나옵니다. 마을 사람들의 생활은 텔레비전을 중심으로 움직이게 되는데요. 그런데 어느 날 할부금을 제때에 내지 않았다고 텔레비전을 가져가 버린다면 어떻게 될까요? 소설 속으로 들어가 보시죠.

 문명의 발전으로 인해 오히려 더 불편함을 느낀 적이 있나요?

마술의 손

● 조정래 ●

설마설마했던 소문은 설마가 아니었다. 참말로 전기가 들어오게 된 것이다. 밤골의 밤이 대낮처럼 밝아질 날이 현실로 다가온 것이다.

집 한 채는 거뜬히 싣고 달릴 수 있을 만큼 큰 '도라꾸*'가 마을로 밀려들 때까지만 해도 사람들은 그 차에 별다른 관심을 보이지 않았다. 그 차가 꼬마들의 눈길이나마 끌 수 있었던 것은 그 큰 몸집에 온통 홍시감 색깔을 칠한 때문이었다.

그 차는 돌이 울퉁불퉁한 길을 힘겨운 듯 느릿느릿 움직이다가 멈추곤 했다. 멈추었을 땐 둥글고 긴 기둥 같은 것을 하나씩 내려놓았다. 그런데 그 기둥 같은 것은 꼭 그만한 간격에 내려져선 길게 눕는 것이었다.

꼬마들은 햐아 이상해서 차로 몰려들기 시작했다. 꼬마들은 그 흰빛의 기둥 같은 것이 돌덩어리라는 것을 알았다. 그리고 차에 올라탄 아저씨들이 그것을 내리면서 왜 낑낑 매는지도 알았다.

"응냐, 응냐 응냐, 응냐……."

두 패로 갈라진 아저씨들은 그 돌덩어리 기둥 양쪽에 매달려 짐을

* 도라꾸 트럭.

잔뜩 싣고 고갯마루를 오르는 소처럼 숨을 씩씩 불면서도 연신 이런 소리들을 번갈아 가며 내고 있었다.

꼬마들의 궁금증은 뭉게구름처럼 피었다. 저리 무거운 돌덩어리 기둥을 어디에 쓰려는 것일까. 저 기둥에 드문드문 뚫린 조그만 구멍들은 무엇을 하는 걸까. 두 주먹이 다 들어가고 남을 만큼 기둥 밑에 뚫린 동그란 구멍은 또 뭘까.

꼬마들은 잔뜩 긴장한 채 눈알만 잽싸게 굴릴 뿐 누구도 입을 열지 않았다. 이런 때 누가 한마디만 벙긋하면 왁자한 우김질이 시작되련만 워낙 처음 보는 것이라 그것이 어디에 쓰이는 것인지 꼬마들은 도통 실마리를 풀어낼 수가 없었다. 그래서 꼬마들은 차가 움직이면 쪼르륵 그 꽁무니를 쫓았고, 아저씨들이 낑낑대며 돌기둥을 내릴 때면 멀찌감치 서서 넋 놓고 구경을 되풀이했다.

아저씨들이 땀을 훔치며 제각기 담배에 불을 붙였다. 어떤 아저씨는 방금 내려놓은 긴 돌기둥에 걸터앉았다. 꼬마들은 조그맣게 쪼그리고 앉아 그 아저씨들을 말끔히 쳐다보고 있었다.

"니들 이 동네 사니?"

한 아저씨가 담배 연기를 푸우 뿜어내며 꼬마들에게 물었다. 꼬마들은 주춤 일어서다 말고 하나같이 고개를 끄덕였다.

"니들 이게 뭐하는 건지 알아?"

아저씨가 빙긋 웃으며 물었고, 꼬마들은 금방 밝은 얼굴이 되며 모두 크게 고개를 가로저었다.

"뭐하는 건지 가르쳐 줄까?"

꼬마들은 더 크게 고개를 끄덕였다. 그러면서 앞으로 조금씩 다가서고 있었다.

"이 사람 또 시작이다. 애들만 보면 그저 싱글벙글이지."

다른 아저씨가 말했고,

"얘들아. 이게 뭐냐면 말야, 전봇대다, 전봇대."

아저씨가 신나는 목소리로 말했다.

"에키, 이 사람아, 쟤들이 전봇대를 어떻게 알아."

다른 아저씨가 나무라듯 말했다.

"그런가……? 니들 전봇대 모르니?"

아저씨의 말에 꼬마들 모두는 함께 고개를 끄덕였다.

"이것 참…… 그럼 전기는 아니? 등잔이나 호롱불 대신 쓰는 대낮처럼 밝은 전기 말야."

아저씨의 말에 꼬마들의 얼굴은 금방 붉게 상기되었고 눈들은 반짝이는 물기를 머금었다. 엄마, 아빠들이 하는 말을 들어 꼬마들은 이미 전기가 무엇인지는 알고 있었다.

"알아요!"

누군가가 큰소리로 외쳤다.

"나도 알아요!"

"전기 다마●. 나도 알아요!"

"무지하게 밝은 것, 나도 알아요!"

꼬마들은 제각기 소리쳤다.

"그래, 그래. 그 전기가 니들 동네에 들어오게 됐다. 신나지?"

"야아아."

"와아아."

● **다마** 구슬 옥(玉) 자의 일본어 발음으로, '전구'를 가리킴.

꼬마들은 외치며 마구 뛰기 시작했다.

전기 가설 공사 소식은 삽시간에 온 동네에 퍼져 나갔다. 누구나 처음엔 설마 했고, 나무가 아닌 시멘트 전신주가 길가에 번듯번듯 누워 있는 것을 보고서야 비로소 감격 어린 안도의 숨을 내쉬게 되었다.

밤골 사람들이 전기가 들어온다는 사실에 하나같이 설마를 앞세웠던 것은 그만큼 여러 차례에 걸쳐 속아 왔기 때문이다. 시꺼먼 그을음이 오르는 석유 등잔 신세를 이제야 면하는가 보다고 잔뜩 벼르다 보면 공염불●이 되곤 했었다. 그런 때의 허탈감이란 단순히 기대에 대한 실망이 아니라 그런 약속을 찰떡 먹듯이 한 상대를 향해 내뿜다 지친 원성의 산물이었다. 그들이 전기가 들어오기를 목이 늘어지게 고대했던 것은 그저 밤을 밝게 살고 싶어 했던 얕은 소견머리●에서가 아니었다. 어둠침침한 등잔 불빛 아래서 그래도 공부를 하겠다고 코를 들이미는 자식들에게 한시라도 빨리 전등의 그 말끔한 밝음을 주고 싶어 했었다. 그 간절한 소망이 공염불이 되고 말면 자식들에 대한 미안함과 안쓰러움이 무력한 부모라는 죄책감과 함께 뒤범벅이 되어 원성으로 바뀌는 것이었다.

밤골 저 앞산 중턱 쯤에 쇠막대로 얼기설기 짜서 만든 무지막지하게 크고 높은 전신주가 선 것은 일정● 시대의 일이었다. 아슴한 높이로 이어져 나간 전깃줄에는 사람이고 짐승이고 붙기만 하면 시꺼멓게 타 죽을 만큼 센 전기가 흐른다고 했다. 그래서 사람들은 감히 접근을 못한 채 그 축 늘어진 전깃줄을 빤히 건너다보면서 어두운

● **공염불** 실천이나 내용이 따르지 않는 주장이나 말을 비유적으로 이르는 말.
● **소견머리** '소견'을 속되게 이르는 말.
● **일정** 일본이 침략하여 강점하고 다스리던 정치.

밤을 지내야 했다. 그때 사람들은 아무도 밤골에 전기가 들어오지 않는다는 사실에 신경을 쓰지 않았다. 앞산의 전기는 큰 도회지로 간다는 것이었고, 신작로에서도 산 하나를 넘어야 하는 밤골은 당연히 전기 같은 것은 지나쳐 가는 곳으로 생각해 버렸다.

그런데 해방이라는 것이 되었다. 밤골 사람들에게 해방의 기쁨은 공출•을 안 해도 되는 것으로 확인되었다. 그리고 얼마가 지나서 선거라는 이상야릇한 바람이 불어왔다. 그 선거 바람은 손가락이 일하는 데만 쓰이는 것이 아님을 일깨워 줌과 동시에 사람값을 턱없이 올려놓는 일을 했다. 그러나 정작 밤골 사람들을 들뜨게 만든 것은 따로 있었다. 손가락을 세워 암기한 기호 밑에 붓대롱으로 꾸욱 눌러만 주면 전기를 끌어들여 준다는 것이었다. 이 얼마나 가슴 설레고 기분 들뜨고 황감한• 이야기인가. 그래서 밤골 사람들은 이장(里長)이 시키는 대로 줄줄이 서서 똑같은 기호 밑에다 정성스레 붓대롱을 눌렀다. 그러면서 또 다른 느낌으로 역시 해방이 좋다는 것을 실감했고, 그 밝은 전등 불빛 아래 온 식구가 오순도순 모여 앉은 광경을 연상하며 기분이 달떴다.

그들이 붓대롱으로 누른 바로 그 사람이 국회 의원인가 대감인가로 뽑혀 서울로 행차하게 되었다는 소식이 들렸다. 그들은 자신들의 일이나처럼 기뻐했고, 머잖아 그 신명• 나는 전등불의 밝음이 마을의 어둠을 걷어 가리라 굳게 믿었다. 그러나 달이 몇 겹인가 겹쳐 지나도 소식은 감감하기만 했다. 남자들은 진작, 아낙네들까지도 기

• **공출** 국민이 국가의 수요에 따라 농업 생산물이나 기물 따위를 의무적으로 정부에 내어놓음.
• **황감한** 황송하고 감격스러운.
• **신명** 흥겨운 신이나 멋.

대에 부푼 이런저런 이야기들에 시들해지고 지쳐 갔다.

"이거 어찌된 일일까요? 혹시 우리가 속은 건 아닌가요?"

"허허, 거 뭔 소리, 점잖은 양반한테. 나랏일 보는 양반이 얼마나 눈코 뜰 새가 없겠어. 틀림없으니까 조금만 더 기다리도록 하세나."

이런 이장의 당당한 태도를 믿고 또 몇 달이 지나갔다. 그러나 소식은 꿩 구워 먹은 자리●였다.

"아직도 더 기다려야 할까요? 우리가 홀딱 속은 것이지요?"

"글쎄 말이야…… 점잖은 체면에 그럴 양반이 아닐 것인디……."

이장이 난색●을 표하며 말을 어물거리게 되자 모두는 발끈 화가 솟았다. 그래서 모여 앉으면 이장을 떡판 위의 떡살을 만들었다. 그러면서도 한 가닥 희망을 버리지 못한 채 한 해를 넘기고 몇 개월이 지났다.

"되면 된다, 안 되면 안 된다 속 시원하게 좀 알아 버립시다. 이거야 원 똥 누고 밑 안 닦은 것처럼 이게 뭡니까."

이런 말까지 나오게 되자 이장도 더는 참을 수가 없었던 모양이다.

"고거 순 후레아들● 놈이야. 어디다 대고 고런 싸가지 없는 거짓말을 해 그래."

이장이 험상궂은 표정으로 욕을 쏴 지르고 말았을 때 사람들은 그만 완전히 맥이 풀려 버렸다. 한 가닥 희망마저 자취를 감추어 버린 것이다. 그렇다고 잔뜩 화가 치밀어 있는 이장을 전처럼 욕해 대거나 원망할 수도 없었다. 이장도 밤골에 전기가 들어오기를 바라고 그런

● **꿩 구워 먹은 자리** 어떠한 일의 흔적이 전혀 없음을 비유적으로 이르는 말.
● **난색** 꺼리거나 어려워하는 기색.
● **후레아들** 배운 데 없이 제멋대로 막되게 자라 교양이나 버릇이 없는 사람을 낮잡아 이르는 말.

일을 했다가 자신들과 함께 속은 것뿐 저지른 죄라곤 없었던 것이다.

 사람들이 전기에 대한 일을 까맣게 잊어버리고 있던 어느 해 다시 그 선거 바람이라는 게 불어왔다. 이번에도 전기를 끌어들인다는 것이었다. 물론 지난번에 왜 성사가 안 되었는지에 대해 청산유수● 같은 설명이 곁들여진 건 말할 것도 없었다. 듣고 보니 그럴 듯도 했다. 그래서 이장을 위시한● 동네 사람들은 지난번처럼 한 기호 밑에 붓대롱을 눌렀다. 그러나 결과는 마찬가지였다.

 이번에야 설마, 이번에야 설마 하며 똑같은 방법으로 속기를 얼마나 했는지 사람들은 기억조차 하지 못했다. 그건 기억을 하지 못해서가 아니라 불신감 때문에 기억을 하려 들지 않았다.

 그런데 느닷없이 전기가 들어온다는 소문이 나돌았다. 그건 정말 느닷없는 소문이었다. 선거 바람도 안 타고 불어온 소문이었던 것이다. 그래서 그 누구도 믿으려 하지 않고 콧방귀만 뀌었다. 설마 전기가 들어올라고……. 언제부턴가 설마는 처음과는 반대의 의미로 쓰이고 있었다.

 그런데 읍내 장터거리에서나 볼 수 있었던 그 돌덩이 같은 전신주가 길가에 즐비하게 누워 있는 것이 아닌가. 앞산 중턱에 철근 전신주가 서고 나서 실로 50여 년 만의 일이었다.

 어린애고 어른이고 할 것 없이 모두 기쁨에 들떠 있었지만, 특히 감격해 마지않는 사람은 몇몇 노인들이었다. 그들은 모두 칠순이 넘어 있었다.

● **청산유수** 푸른 산에 흐르는 맑은 물이라는 뜻으로, 막힘없이 썩 잘하는 말을 비유적으로 이르는 말.
● **위시한** 여럿 중에서 어떤 대상을 첫자리 또는 대표로 삼은.

"사람은 참 오래 살고 볼 일이야."

"누가 아니래나. 결국 이런 날이 오긴 오는구먼."

"저기 저 전보상대가 박힐 때 내 나이 스물셋이었지 아마……."

"허허, 기억 한번 총총하네그랴. 내가 스물둘이었으니 틀림없구먼."

노인들은 이런 말을 나누며 앞산을 감개무량한● 얼굴로 건너다보고 있었다.

전기 공사는 예정보다 훨씬 앞당겨 진행되어 나갔다. 그도 그럴 것이 120여 호의 마을 사람들이 거의 동원되다시피 하고 있었다. 누가 시켜서 하는 일이 아니었다. 하루라도 빨리 전기를 켜고 싶은 바람으로 너나없이 일손의 틈을 내어 공사에 힘을 합쳤다. 아낙네들은 돌아가며 먹을 것을 장만해 기술자들을 대접하기에 바빴다.

이렇게 되고 보니 기술자들의 일손에 신명이 붙지 않을 수가 없었다. 책임자는 연신 벙글거리며 이리 뛰고 저리 뛰고 했다.

공사 기간을 한 달 이상 단축시켜 온 동네에 전깃불이 들어오게 된 날 밤 돼지를 세 마리나 잡는 잔치가 벌어졌다. 이렇게 밤골 전체가 흥겨움에 넘친 잔치는 보기 드문 일이었다. 공사 기술자들이 상좌●에 앉혀진 건 물론이었고, 그들은 코가 비뚤어지도록 술을 마셔야 했으며, 배꼽이 요강 꼭지가 되도록 음식을 먹어야 했다.

양복을 미끈하게 뽑아 입은 청년들이 밤골에 나타난 건 잔치가 끝난 바로 그다음 날이었다. 그들은 큼직큼직한 상자를 경운기만 한

● **감개무량한** 마음속에서 느끼는 감동이나 느낌이 끝이 없는.
● **상좌** 상석. 윗사람이 앉는 자리.

자동차에 가득 싣고 왔다.

　회관 마당에 차를 세운 그들은 부지런히 손을 놀려 차 옆구리에 높은 쇠막대를 묶어 세웠다. 그 쇠막대 끝에는 잠자리 날개 모양으로 굽어진 또 다른 쇠들이 여러 개 달려 있었다. 그 흰빛의 쇠막대들은 햇빛을 받아 반짝반짝 빛을 냈다.

　몇몇 꼬마들은 청년들의 손놀림을 하나도 빼놓지 않고 살피고 있었다. 전기 공사가 시작됐을 때처럼 또 집에 신나는 소식을 가져갈 수 있었으면 하고 꼬마들은 제각기 생각했다.

　청년들은 한 상자 안에서 물건을 꺼냈다. 그 물건은 생전 처음 보는 것인데, 네모가 반듯했다. 무슨 기계인 건 분명한데 무엇을 하는 데 쓰는 것인지는 꼬마들로서는 알 수가 없었다.

　청년들은 그 예쁘장하게 생긴 기계를 운전대를 덮은 차 지붕 위에 달랑 올려놓았다. 그리고 높은 쇠막대 꼭대기로 이어진 까만 줄 끝을 기계에다 연결시켰다. 청년들의 일은 그것으로 끝났다. 그들은 손바닥을 털고 벗어 놓은 양복을 입었다.

　"저게 뭐예요, 아저씨?"

　누군가가 더 못 견디겠다는 듯 쨍한 목소리도 물었다.

　"하아 요놈들, 오래 참았구나."

　한 청년이 그럴 줄 알았다는 듯 씨익 웃으며 꼬마들 앞으로 다가섰다.

　"너희들 텔레비전이라는 말 들어 봤니? 저게 바로 텔레비전이라는 거야."

　"테에레에……."

　꼬마들은 전혀 귀에 익지 않은 말을 어물어물 흉내 냈다.

"저게 머어 하는 기곈데요?"

어느 꼬마가 힘들게 물었다.

"응, 저기에 이쁜 여자가 나와서 노래도 부르고, 군인 아저씨가 나와 총싸움도 하고, 아주 신나는 기계다."

"예에?"

꼬마들은 하나같이 놀라는 표정이 되었고 다음 순간, '피이, 아저씨 거짓말!' 하는 표정으로 바뀌었다. 그런 눈치를 놓치지 않은 청년은 잠시 난감한 얼굴이 되었다.

"그래, 너희들 트랜지스터, 아니 라디오는 알지?"

청년이 반색을 하며 물었고, 꼬마들은 고개를 끄덕였다.

"바로 라디오하고 비슷해. 한 가지 다른 것은 라디오에서 노래하고 말하는 사람의 얼굴이 저기 저 네모난 데에 그대로 나오는 거야. 그러니까 사진이 나오는 라디오가 바로 저 텔레비전이라는 거다."

꼬마들은 수긍이 가는 것 같은 표정들이었고, 청년은 그런 꼬마들을 내려다보며 만족스런 웃음을 흘리고 있었다.

"어딜 그럼 보여 줘 봐요."

"그래, 그러잖아도 이 아저씨들이 보여 주려고 저렇게 차려 놓은 거다. 그런데 방송국에서 낮엔 안 하고 저녁에만 한단다. 너희들 이따 저녁밥 먹고 꼭 나오너라, 신나게 구경시켜 줄 테니까. 얘들아, 너희들은 구경하고 나서 말이지, 엄마 아빠한테 저 텔레비전을 사 달라고 조르란 말야. 알겠지? 저걸 너희들 안방에 갖다 놓고 매일 신나게 봐얄 것 아니냐. 그치?"

청년은 꼬마들의 눈동자를 들여다보며 진득진득한 음성으로 속삭이고 있었고, 꼬마들은 무슨 말인지 아는지 모르는지 구분이 안

가는 끄덕임을 계속했다.

청년 하나만 차에 남았고 나머지 셋은 골목을 타고 흩어져 갔다. 그들은 한 집도 빼놓지 않고 샅샅이 뒤지고 다녔다.

"안녕하십니까, 아주머니. 전기가 들어오니 얼마나 후련하십니까 그래."

"전기는 잘 들어오나요? 어디 불편한 점은 없으신가요?"

서슴없이 마당으로 들어선 그들은 그지없이 사람 좋은 웃음을 지어 보이며 이런 식으로 너스레˙를 떨었다.

"말도 말아요. 뱃속까지 다 환해진 기분이라오."

"불편하긴요. 등잔 밑에서 어떻게 살았나 싶은 게 다신 그런 세상 못 살아 낼 것 같은 붕붕 뜨는 기분이라우."

여인네들은 아무런 경계의 빛도 보이지 않고 이렇게 마음들을 풀어놓았다. 낯선 외지의 남자들을 모두 전기를 끌어다 준 고마운 사람들로 싸잡아˙ 보는 여인네들의 착각의 탓도 있었지만 생전 처음 전등불을 밝히고 보낸 지난밤의 감회가 그네들의 마음을 그렇듯 헤프게 만들어 놓고 있었다.

"아주머니 이제 전기도 처억 들어왔겠다, 안방에다 극장 하나 멋들어지게 차리시는 게 어떨까요?"

청년은 나긋나긋 말하며 울긋불긋한 카탈로그를 여인네 눈앞에 기세 좋게 펼쳐 보이는 것이었다.

"안방에 극장을 차리다니……?"

˙ **너스레** 수다스럽게 떠벌려 늘어놓는 말이나 짓.
˙ **싸잡아** 한꺼번에 어떤 범위 속에 포함되게 하여.

여인은 여기서 말을 멈추고 눈앞에 펼쳐진 요란한 색깔의 종이에 눈을 박게 마련이었다. 그리고 여인의 얼굴은 언뜻 긴장했다.

"이거 텔레비전이라는 거 아녜요?"

여인은 읍내에서 눈여겨보았던 기억을 다잡으며 자신도 모르게 소리쳤다. 발목을 틀어잡은 것처럼 발길을 돌리지 못하게 하던 그 희한한 기계 텔레비전이라는 것. 그것을 맘 놓고 볼 수 있는 사람들의 신세가 얼마나 부러웠던가. 그런데 지금 바로 눈앞에 와 있는 것이 아닌가.

"그렇습니다. 이게 바로 안방극장 텔레비전입니다."

"하지만 우리 형편에 어디……."

여인은 금방 시무룩한 얼굴이 되었다.

"아주머니 그까짓 값은 염려 마십시오. 밤골에 전기가 들어온 걸 축하하기 위해 우리 회사에서 특별히 싹 반값으로 깎아 드리기로 했습니다. 아무 염려 마시고 오늘 저녁 회관 마당으로 나오세요. 거기서 텔레비전을 한바탕 틀 테니 구경부터 해 보세요. 자아, 이만 물러갑니다."

청년이 양복 깃을 펄럭이며 사립 밖으로 사라져 버린 다음에도 여인은 텔레비전이 그려진 울긋불긋한 종이를 든 채 무엇에 홀리기라도 한 것처럼 멍하니 서 있었다.

세 청년이 동네를 한바탕 휘젓고 나자 여인네들은 끼리끼리 모여 텔레비전에 대한 길지 못한 상식들에 제각기 적당한 거짓말까지 반죽해 가며 수다를 떨기에 침이 말랐다. 그네들의 수다는 하나같이 텔레비전 예찬론이었고, 전기가 들어온 바에야 사람같이 살아 보려면 텔레비전은 꼭 있어야 한다는 필연적 명분론●에 귀착●했고, 그게 값이 수월찮을˙ 것이라는 경제의 허약성에 부딪혔다가는 반으로 싹 깎아 준다는 청년의 말을 상기하며 다시 기운을 회복했고, 어쨌거나 공짜 구경이니 저녁밥 일찍 해 먹고 회관 마당으로 나가자고 의견 일치를 보았다.

 어느 때 없이 이른 저녁을 먹은 사람들이 회관 마당으로 꾸역꾸역 몰려들었다. 누구보다 세상을 만난 것이 어린것들이었다. 청년들은 곡마단˙ 문지기들처럼 신바람을 내며 자리를 정리하기에 바빴다. 차를 맞바라보고 아이들은 앞에, 어른들은 뒤에 자리를 잡았다.
 텔레비전에 어릿어릿 흔들리는 불이 들어오고, 한 청년의 손짓에 따라 긴 쇠막대를 이리저리 움직이자 과연 기계에는 사람들의 모습이 나타났다.
 "와아아!"
 함성을 지른 건 앞에 앉은 꼬마들이었다. 꼬마들이 더 좋아한 건 프로가 어린이 시간이었기 때문이다.
 텔레비전이 찰칵 꺼진 것은 어린이 시간이 끝나면서였다.
 "어떻습니까, 여러분. 모두 잘 보셨지요? 이게 바로 텔레비전이라는 겁니다. 여러분들이 직접 보셨으니까 긴 설명은 안 드리겠습니다. 이제 여러분들도 이 텔레비전으로 안방에 극장을 꾸며 온 식구가 오순도순 더욱 행복한 가정을 꾸밀 수 있게 되었다는 것입니다. 그럼 이거 값이 얼마냐! ×××원입니다. 아 아, 놀라지 마십시

● **명분론** 일을 꾀하는 데에 있어 명분을 앞세우는 입장이나 주장.
● **귀착** 의논이나 의견 따위가 여러 경로를 거쳐 어떤 결론에 다다름.
● **수월찮을** 꽤 많을.
● **곡마단** 말을 타고 부리는 재주나 요술 따위를 보이는 흥행 단체. '서커스'와 비슷한 말.

오. 잠깐 조용히 하십시오. 그럼 그 돈을 한꺼번에 다 받느냐, 그게 아닙니다. 다른 사람들에겐 최고로 길어야 6개월, 여섯 달 동안 쪼개서 내게 하는데 우리 밤골 여러분들에겐 특별히 전기가 들어온 걸 축하하는 의미로 여섯 달을 더 늘려 1년, 열두 달, 자그만치 열두 달로 쪼개서 내도록 했습니다. 그럼 열두 달 동안의 5부 이자만 계산해 보십시오. 여러분들은 반값에 텔레비전을 사게 되는 겁니다. 그리고 열두 달로 쪼개서 냈을 경우 한 달에 낼 돈이 얼마냐! 단돈 ×××원. 이까짓 돈이면 아저씨들이 술 한잔 안 마시면 거뜬히 해결될 것이고, 아주머니들이 돼지 한 마리 더 치면 깨끗이 끝날 돈 아닙니까.”

청년은 여기서 잠시 말을 멈추었다. 어른들은 끼리끼리 뭐라고 숙덕이고 있었고 더러 고개를 끄덕이기도 했다.

“자아, 희망자는 말씀하세요. 당장 댁에다 달아 드립니다. 돈은 염려 마세요, 다음 달부터 내면 됩니다. 선착순으로 지금 당장 달아 드려요. 여기선 더 이상 안 틀어요. 우리도 갈 길이 바쁘니까 더 이상 못 틀어요. 네에 저기 손 드신 분, 어서 앞으로 나오세요. 네에, 그쪽 분도……."

이렇게 해서 열일곱 집이 신청을 했다. 청년들이 열다섯 대밖에 가져오지 않았기 때문에 두 집은 다음 날 달기로 할 수밖에 없었다.

“예에, 아직도 기회는 있습니다. 밤새 생각해 보시고 내일 다시 신청해도 좋습니다. 전기 들어오는 집에 텔레비전 한 대 없는 건 상투 틀고 갓 안 쓴 격이고, 비단 치마저고리 입고 버선 안 신은 것이나 마찬가집니다.”

청년은 이렇게 말을 맺었다.

열다섯 집엔 당장 텔레비전이 설치되었다. 사람들은 제각기 가까운 집으로 떼 지어 몰려들었다. 4월이긴 했지만 아직 밤공기는 찬데도 사람들은 마당에 진을 치고 앉았다. 열다섯 집은 하나같이 텔레비전을 마루에 내놓아야 했다. 그날 밤 태극기가 펄럭이고 애국가가 나올 때까지 자리를 뜬 사람은 하나도 없었다.

"억시게• 좋긴 존 세상이야."

"소리야 공중으로 날아다닌다고 허지만 어찌 온갖 사진이 공중으로 날아다닐 수 있을까."

"참 귀신이 곡을 할 노릇•이지. 우리나라 사람들은 또 그렇다 치더라도 코쟁이•들이 또박또박 우리말을 하는 건 어찌된 일이야, 글쎄."

어른들이 이런 감상 소감을 피력하는• 데까지는 좋았다. 그들은 곧 자식들 앞에서 곤궁한 입장에 놓이게 되었다.

"아빠, 우리도 텔레비전 사요."

"그래요, 영길이네는 낼 신청한댔어요. 우리도 낼 신청해요, 아빠."

애들의 성화는 아무리 많은 물을 끼얹어도 꺼지지 않을 불길이었다.

"밤이 늦었다. 어서 잠이나 자거라."

이 말을 들을 아이들이 아니었다.

"싫어, 낼 산다고 약속해야지 뭐."

"텔레비전 안 사면 잠 안 잘 거야."

• **억시게** 억세게. 그 정도가 아주 높거나 심하게.
• **귀신이 곡을 할 노릇** 신기하고 기묘하여 그 속내를 알 수 없음을 비유적으로 이르는 말.
• **코쟁이** 코가 크다는 뜻에서 서양 사람을 놀림조로 이르는 말.
• **피력하는** 생각하는 것을 털어놓고 말하는.

애들은 몸까지 훼훼 저었다.

"영길이네 걸 구경하면 될 거 아니냐."

"싫어, 싫어. 창피하게 그게 뭐야."

"아빤 쩨쩨하게 그게 뭐야. 아빤 창피하지도 않아?"

이건 애비로서 체면이 말이 아니다. 애새끼들이 요 모양인데 어쩌자고 저놈의 여편네는 또 입 꼭 다물고 있는 건가. 슬그머니 부아●가 치밀어 올랐다.

"시끄러, 요런 소갈머리● 없는 새끼들아. 썩 가서 잠이나 자!"

드디어 꽤액 소리를 질러 버렸다. 그 서슬에 애들이 미적미적 물러갔다. 그때서야 아내가 발딱 일어서며 쏴 질렀다.

"흥, 소리만 지르면 장땡●인 줄 알지!"

내일 당장 텔레비전을 사겠노라고 당당하게 외치지 못한 가장(家長)들은 거의 이런 궁색한 꼴을 면할 수가 없었다.

청년들은 다음 날 아침 햇살이 다 퍼지기도 전에 들이닥쳤다. 그들에게 새로 신청한 수는 어제의 곱이 넘는 서른여섯 집이나 되었다. 그러니까 밤골에서 텔레비전을 살 만한 집은 거의 다 산 셈이었다. 청년들은 하루 종일 동네 골목골목을 부리나케 갈고 다녔고, 해 질 녘이 되자 밤골에는 쉰세 개의 긴 장대가 여기저기 삐쭉삐쭉 솟게 되었다.

텔레비전을 가진 집들이 반 가까이 되어 버리자 형편이 어젯밤과는 영 딴판으로 변했다. 어젯밤처럼 그걸 마루에 내놓지도 않았고,

● **부아** 노엽거나 분한 마음.
● **소갈머리** 마음이나 속생각을 낮잡아 이르는 말.
● **장땡** 가장 좋은 수나 최고를 속되게 이르는 말.

구경꾼들도 휙 줄어 버려 구경하는 입장도 만만치가 못했다. 전혀 눈치를 하는 건 아니었지만 어젯밤처럼 태극기가 펄럭일 때까지 죽치고 앉아 있을 수가 없었다.
　텔레비전 시비는 아이들한테서부터 일어나기 시작했다. 무슨 놀이를 하다가 말다툼이 벌어지면 느닷없이 텔러비전이 사이에 끼어드는 것이었다.
　"너 이 새끼, 까불면 텔레비전 안 보여 줄 거야."
　한 녀석이 눈꼬리를 세우며 이렇게 대지르면 상대편 녀석은 지금까지의 기세가 푹 꺾이며 어물거리는 것이었다.
　"알았어. 네 맘대로 해. 내가 잘못했어."
　텔레비전 구경을 담보로 말타기 놀이의 말 노릇이나 숨바꼭질의 술래 노릇을 떠맡는 일이 예사로 벌어졌다.
　그러나 며칠이 못 가 어른들 사이에서도 난처한 문제가 생기기 시작했다. 매일 밤 안방에서 딴 집 사람들과 북적거릴 수는 없는 일이었다. 그래서 차츰 꺼리는 눈치가 노골화되어• 갔다.
　"얘들아, 텔레비전 그만 보고 어서 공부해라."
　처음엔 이런 정도였고,
　"아이, 노곤해. 우리 그만 잡시다."
　며칠이 지나자 이렇게 변했고,
　"아유, 이놈의 텔레비전 다시 팔아 치우든지 해야지 귀찮아서 못 살겠네."
　이런 지경에까지 다다르게 되면서 서로의 사이가 고약하게 일그

• **노골화되어** 숨김없이 모두가 있는 그대로 드러나.

러졌다.

홧김에 소 잡아먹는다고, 이와 비슷한 꼴을 당한 어떤 집에서는 다음 날로 제까닥° 안테나를 드높이 올리기도 했다. 그러나 아무리 껄끄러운 꼴 당했다 하더라도 오기만으로 닭 모가지 비틀 수 없는 집은 있게 마련이었다. 어느 사이엔가 그런 집들은 그런 집들끼리 모여 입을 삐쭉거리고 눈을 흘기고 했지만 겉돌기는 매일반°이었다. 예전과는 달리 마을의 화제는 거의가 텔레비전과 연관되어 있었던 것이다. 그런 현상은 어린애들과 아낙네들에게서 특히 두드러졌다.

"여기는 본부, 여기는 본부, 뻐꾸기 나오라, 뻐꾸기 나오라, 오바."
"여기는 뻐꾸기, 여기는 뻐꾸기, 본부 말하라, 오바."
"지금 간첩 일당이 강 쪽으로 도망가고 있다. 계속 쫓아라, 오바."
"알겠다. 계속 강 쪽으로 쫓아가서 간첩들을 잡겠다, 오바."

이런 놀이를 하는가 하면,
"에잇, 받아라. 마린 보이다!"
"좋다, 덤벼라. 나는 아톰이다!"

애들은 제각기 만화영화의 주인공이 되어 나무에서 뛰어내리고 바위를 건너뛰고 하는 것이었다. 애들은 옛날의 숨바꼭질이나 땅따먹기 같은 놀이는 아예 집어치워 버렸다. 씨름 대신 레슬링 흉내를 냈고, 아무 때나 "주고 싶은 마음, 먹고 싶은 마음……", "12시에 만나요" 어쩌고 흥얼거렸다.

아낙네들도 애들 못지않았다. 얼굴을 맞대면 그저 지난밤에 본 연

● **제까닥** 제꺼덕. 어떤 일을 아주 시원스럽게 빨리 해치우는 모양.
● **매일반** 결국 서로 같음.

속극 이야기에 바빴다.

"그 여자가 불쌍해서 어떡하지 그래?"

"그러게 말야. 어쩌면 그리도 눈치가 없는지 몰라."

"모를 수밖에. 남자가 그렇게 감쪽같이 속여 버리는데 어떻게 알아?"

"어쩜 그 남잔 그리도 흉물스럽지? 낯짝만 봐도 정나미가 떨어져."

"그것도 다 그 여우 같은 미스 홍 때문이야. 홀딱 홀려 버린 거라니까."

"그렇다니까. 고 여우 떠는 꼴 좀 봐. 금방 간을 홀딱 빼 먹을 것처럼 눈웃음 살살 치는 것하고……."

"그런 남편 믿고 어찌 살지?"

"이 세상 남자가 어디 다 그럴라고."

"얼래, 남자처럼 믿을 수 없는 것도 세상에 조 없어. 계집이 살살 꼬리치는데 싫어할 남자 어딨어."

"그렇담 우리 애아범들도 그럴까?"

"아따, 걱정도 팔자다. 요런 흉악한 촌구석에 미스 홍이 어딨어서."

"아녀, 그런 것은 아녀. 읍내에 미스 홍 같은 계집들이 한둘인 줄 알아? 그런 짓 백날 하고 다녀도 우린 캄캄 밤중이지 별수 있어?"

"그도 그렇구먼."

"혹시 우리가 여태 까맣게 속아 온 건 아닐까?"

"그럴지도 모르지."

"안 되겠네, 오늘 저녁 당장 따져 봐야지."

"나도 그래야겠어."

"나도 몸살 나 죽겠네, 언제 저녁까지 기다려 그래."

이처럼 화제는 비비 틀려서 엉뚱한 방향으로 불이 붙곤 했다. 그래서 가당찮은• 부부 싸움을 터뜨리기도 했다.

"당신도 저 남자처럼 날 속이고 있는 건 아니우?"

"아이고, 나도 저런 팔자나 한번 돼 봤음 좋겠네."

남자는 심드렁하게 대꾸했고, 여자는 남편의 그런 미지근함이 마음에 걸렸다.

"아니, 무슨 말이 그 모양이오? 저런 꼴이 부럽다니, 지금도 날 속이고 있는지 누가 알아."

남자는 아내의 말에서 섬뜩함을 느꼈다. 농담이 아니라 가시가 돋쳐 있는 것이다. 괜히 어물거리다간 그대로 뒤집어쓸 판이었다. 그렇다고 벌컥 화를 내기도 민망한 일이었다.

"누가 정말 그렇대나, 그냥 농담이지."

"누가 알아요, 사람 속을. 아무래도 당신 좀 이상해요. 어물어물 하는 게."

아내는 정색을 하고 덤비고 있었고, 남편은 급기야 화가 치밀어 올랐다.

"아니, 요런 싸가지 없는 여편네 좀 보소. 저놈의 텔레빌 당장 꽉 부숴 버려야지, 어디다 대고 지랄이야, 지랄이."

남편이 벌떡 일어나며 텔레비전을 곧 걷어찰 기세였고, 아내는 황급히 남편을 붙들며 만족스런 웃음을 머금고 있었다.

"그만했기 망정이지 텔레빌 깨 버렸음 어쩔 판이었어 그래."

"우리 애아범은 그래도 텔레비전은 아까웠던 모양이지. 재떨이를

• **가당찮은** 도무지 사리에 맞지 않는.

벽에다 내던지더라니까."

"지랄하고 나만 젤 손해 봤네. 눈 깜짝할 새에 꽉 쥐어박고 말잖아."

"히히히…… 창수 아범이 본래 몸이 날래잖은가베. 성질은 좀 칼칼허구."

"어쨌거나 속 시원하지 뭐야. 우리 애아범들은 아무 탈 없으니까."

이러면서 아낙네들은 키들거리고 신바람이 나는 것이었다.

아낙네들은 이제 퀴퀴하고 질척질척한 느낌의 생활 속의 이야기들은 거의 잊어버리고 있었다. 누가 누구보다 미남 탤런트고, 어느 가수가 누구보다 더 노래를 잘 부른다고 우김질하는 것이 한결 재미가 고소했던 것이다.

텔레비전 바람은 좀체로 잠잘 줄을 모른 채 더러 가정불화까지 일으키며 꾸역꾸역 밤골을 먹어 가더니만 3개월쯤 지난 7월이 되어서는 백 개가 넘는 안테나가 서게 되었다.

지난해와는 달리 무더운 밤인데도 당산나무● 밑에는 모깃불이 지펴지지 않았다. 어둠 속에서 담뱃불이 빠알갛게 타고, 어른들이 나누는 이야기 소리가 개구리 울음소리에 섞여 두런두런 들리던 밤이 없어졌다.

그뿐만 아니라 앞개울의 어둠 속에서 물창을 튀기는 소리와 함께 여자들의 간지러운 웃음소리도 들을 수가 없었다. 반딧불을 쫓는 애들의 왁자한 외침도 자취를 감추었고, 감자나 옥수수 추렴을 하는 아낙네들의 마실도 씻은 듯이 없어졌다. 집집마다 텔레비전 앞에 매달려 있는 탓이었다.

● 당산나무 마을의 수호신으로 모셔 제사를 지내 주는 나무.

청년들은 매달 같은 날짜에 나타나 또박또박 돈을 받아 갔다. 처음 팔아먹을 때와는 달리 하루만 늦어도 이자를 가산하겠다고 으름장을 놓았고, 한 달이 늦으면 그동안 낸 돈은 무효로 하고 물건을 가져가겠다고 큰소리를 쳤다. 그런데 이 말에 꼼짝을 못할 것이, 읽어 보지도 않고 도장을 찍어 주고 받은 월부 계약서란 것에 그 조항들이 똑똑히 적혀 있었다. 그래서 거의 매일이다시피 돈을 빌리러 골목을 헤집고 다니는 사람들이 끊이질 않았다.

8월로 접어들면서 청년들과 다툼이 자주 벌어졌다. 처음 한두 달은 어찌어찌 날짜를 맞췄는데 달이 갈수록 돈 물기가 힘에 부치기 시작한 것이다. 그런 사람들은 대개 나중에 구입한 사람들로, 에라 외상인데 그까짓 돈쯤 어떻게 변통이 되겠지 하는 배짱을 부린 것이었다.

"담 달에 한목• 내면 될 거 아뇨."

"글쎄, 안 된다니까요."

"아, 이잘 붙여 준다는데도 안 돼?"

"똑같은 말 자꾸 해 봤자 입만 아파요. 텔레비전이 없어서 못 팔아먹는 판에 다 소용없는 소리요. 비키시오, 떼 갈 테니."

청년이 마루로 올라서려 했고, 주인이 청년을 낚아챘다.

"정 이러기야, 이거?"

주인이 곧 쥐어 갈길 듯이 대들었고,

"기운 좀 쓰시나 본데 어디 쳐 보시지. 요새 사람 치는 놈들 잡아들이느라고 경찰서 유치장 문 활짝 열어 놨는데 어서 쳐 보시라니까."

• **한목** 한꺼번에 몰아서 함을 나타내는 말.

주인과는 달리 청년은 유들유들한 태도로 비웃고 있었다.
주인은 그만 미칠 것 같은 심정이 되고 말았다. 텔레비전을 빼앗기고, 두 달 낸 돈까지 꼼짝없이 떼일 형편이었던 것이다. 돈도 돈이지만 텔레비전이 있다가 없어지면 이게 무슨 꼴인가. 마누라한테, 애들한테 체면이 말이 아닌 것이다. 그리고 동네 망신은 또 얼마나 큰가. 그냥 기분 같아서는 저놈의 뺀질뺀질한 낯짝을 후려갈겨 버리면 속이 시원하련만 그러지도 못하고⋯⋯.
청년은 이미 싹수가 노란● 걸 알고 있었다. 남들이 산다니까 기죽기 싫어서 덥석 일 저질러 놓고 똥줄이 타는● 것이다. 지금 기분으로는 다음 달에 한목 낼 것 같지만, 아서라 안 속는다, 안 속아. 돈이 거짓말 시키지 어디 사람이 거짓말 시키더냐. 이런 가난뱅이들일수록 더욱 애지중지하게 마련이니까 3개월쯤 썼다고 한들 신품이나 마찬가지야. 새로 사는 것들도 숙맥이긴 매일반이니 더 속 썩이지 말고 물건 가져가는 거다.
청년의 이런 배짱 앞에서 텔레비전을 지킬 재간은 없었다. 그래서 열서너 집이 고스란히 수난을 당했다. 텔레비전이 실려 나갈 때는 일대 소란이 벌어졌다. 애들이 발을 동동 구르며 울부짖었고, 화가 솟을 대로 솟은 주인은 애들을 마구 때리며 소리 질렀고, 안주인은 그런 남편에게 대들며 악다구니●를 썼다.
한편에서 이런 소동이 벌어지는 것과는 아랑곳없이 살림살이가 넉넉한 열서너 집에서는 전기용품 들여놓기 시합을 벌이고 있었다.

● **싹수가 노란** 잘될 가능성이나 희망이 애초부터 보이지 아니한.
● **똥줄이 타는** 몹시 힘이 들거나 마음을 졸이는.
● **악다구니** 기를 써서 다투며 욕설을 함. 또는 그런 사람이나 행동.

그들이 시샘을 하듯 다투어 장만하고 있는 것은 밥통이었다. 그들은 이미 여름이 되면서 선풍기를 들여놓느라고 서로 신경을 곤두세운 일이 있었다. 그 선풍기라는 것도 참 희한한 기계였다. 부채로는 도저히 맛볼 수 없는 기막힌 시원함을 주었던 것이다. 땡볕 속에서 농약을 뿌리거나, 채전(菜田)*에 엎드렸다 들어오면 전신은 땀으로 미역을 감고 더위는 헉헉 목을 치받고 올랐다. 그런 때면 으레 옷을 훌러덩 벗어젖히고 찬물을 끼얹게 마련이었다. 그리고 손목이 아프도록 부채질을 해 보지만 땀은 가슴으로 등줄기로 줄줄 흘러내리는 것이었다. 그런데 선풍기는 그게 아니었다. 스위치를 돌리기만 하면 금방 쏴아 쏟아져 나오는 바람이 찬물을 끼얹었을 때의 그 시원함을 되살려 주며 땀을 말끔히 걷어 가는 것이다. 그뿐만이 아니었다. 선풍기를 틀어 놓으면 모기의 극성이 한결 누그러졌다. 그 신통한 선풍기 바람이 모기란 놈을 제멋대로 날게 내버려 두지 않았다. 선풍기를 가진 사람들은 이런 알톨 같은 맛도 맛이었지만 한편으론 자기들도 대처* 사람들과 마찬가지로 이렇듯 편리하고 근사한 전기용품을 사용하고 있다는 사실을 더 고소한 맛으로 즐기고 있었다.

그런데 이젠 전기밥통이 여자들을 환장하게 만들고 있었다. 쪼그리고 앉아 먼지 뒤집어써 가며 짚단을 풀어 땔 필요가 없었다. 뜸을 들이자고 몇 번씩 솥뚜껑을 열어 뜨거운 김 속에 손을 처넣어 밥알을 집어내는 고역을 치르지 않아도 되었다. 전기를 꽂으면 빨간 불이 반짝 들어와서는 제대로 보글보글 끓었고, 불빛이 바뀌면서 딱

* **채전** 채소를 심어 가꾸는 밭.
* **대처** 사람이 많이 살고 상공업이 발달한 번잡한 지역.

먹기 좋게 뜸까지 들이는 게 아닌가. 밥 국물이 넘치길 하나, 밥이 설기를 하나, 여인네들은 그저 감탄에 감탄을 거듭하는 것이었다.

"이리 존 세상을 몰랐으니 여태 헛살았지 뭐야."

"누가 아니래. 나도 당장 사야지, 이러고 있을 때가 아냐."

"편하긴 참말로 편해서 존데, 그게 값이 좀……."

"아유, 무슨 걱정야. 월부 아냐, 월부."

"월부가 아니래도 그렇지. 마누라가 모처럼 고생을 좀 덜게 되었는데 까짓 돈 땜에 벌벌 떠는 남자라면 알아볼 쪼지 뭐야."

"그렇구말구. 그런 남자하고 살 섞고 살 봤자 뻔해. 그건 부부가 아니라 종노릇인 셈이라구."

"허지만 그런 게 자꾸 늘어나면 전깃값도 더 물어얄 것 아냐."

"아이고 저런 궁상스런 여편네, 구더기 무서워 장 못 담글라•. 죽기 전에 신간 한번 편해지는데 까짓 전깃값 더 무는 게 무슨 대수야 그래."

이렇게 해서 전기밥솥은 텔레비전 옆에 의젓하게 자리를 잡아 갔다.

가을로 접어들면서 잔칫집이 생겼지만 일손이 예전과 같지 않았다. 누구도 예전과 같이 밤늦게까지 일을 도와주려 들지 않았다. 날이 어둑어둑해지자부터 이런저런 이유를 대며 슬슬 자리를 뜨기 시작한 것이다. 주인의 입장에서는 품삯을 주는 것도 아닌데 붙들어 앉힐 수 없는 노릇이었다. 주인은 전에 없던 이 야릇한 변괴•를 얼핏 알아차리지 못했고 평소에 앙큼한 짓 잘해서 미워지던 딸년이 텔

• **구더기 무서워 장 못 담글라** 다소 방해되는 것이 있다 하더라도 마땅히 할 일은 하여야 함을 비유적으로 이르는 말.

• **변괴** 이상야릇한 일이나 재변.

레비전 때문이라고 일깨워서야 그렇구나 싶었고, 텔레비전 없는 집만 골라 일손을 모았고, 잔치 준비를 하는 데 생전 처음 품삯을 지불하기로 한 주인은 마당 감나무 잎이 내려앉기 시작한 가을의 썰렁함이 그대로 가슴에 옮겨지는 것을 느끼고 있다.

월전댁은 손을 재게 놀렸다. 빨리 설거지를 마쳐야 했다. 조금만 있으면 주말 연속극을 시작할 참이었다. 그 연속극은 어쩌면 그리도 아슬아슬한 게 오금을 저리게 하는지 몰랐다. 남편이 들으면 골통 박살날 얘기지만 그 훤하게 잘생긴 미남 배우는 거의 밤마다 월전댁의 잠자리를 어지럽히고 있었다. 어찌된 영문인지 그 미남 배우와 한 이불 속에 들어 있는 꿈을 꾸는 것이다.
"이 미친년이 왜 이래. 지까짓 촌년이 어쩌자고 이래."
월전댁은 소리 내어 자신을 꾸짖기도 했다. 그러나 그 배우의 웃는 얼굴이 언뜻언뜻 떠올랐고, 그 연속극 시간만 다가오면 마음이 설렁거려 일손이 헛돌기 일쑤였다. 다른 여자들과 모여 앉은 자리에서 그 배우를 놓고 이러쿵저러쿵 말이 나올 때도 월전댁은 한마디도 하지 않았다. 마음과는 달리 도무지 말을 꺼낼 수가 없었다.
월전댁은 그릇들을 대충 건져 내 놓고는 부엌을 나왔다. 설거지 물은 이따가 버리거나 내일 아침에 쏟아 버려도 그만일 것이었다.
선전이 끝나고 곧 극이 시작되었다. 월전댁은 아랫목에 엉덩이를 찰싹 붙이고 앉아 텔레비전 화면을 응시하며 침을 꿀떡 삼켰다. 지난 주일의 마지막 장면이 키스를 하려다가 부잣집 딸인 애인한테 덜컥 들킨 데까지였다.
그 잘생긴 남자는 두 여자 사이에서 이러지도 못하고 저러지도 못하며 괴로워하고 고민하고 있었다. 한 여자는 가난하고 다른 한 여자는 부잣집 딸이었다. 두 여자는 누가 더 낫다고 할 수 없을 만큼 예쁜 얼굴이었고, 똑같이 그 남자를 사랑하고 있었다. 그런데 그 남자가 부잣집의 회사에서 일을 하고 있었다.

월전댁은 언제부턴가 자기가 꼭 가난한 여자처럼 느껴지기 시작했고, 그 남자가 부잣집 딸에게 조금만 잘해 주게 되면 파르르 화가 나기도 했고, 좀 더 심하면 욕을 쏴 대기도 했다. 틀림없이 자신이 당하는 것 같은 서운함과 분함이 가슴에서 엇갈리고 있었다.

키스를 하려다 들켜 엉거주춤 서 있는 두 남녀 앞에서 부잣집 딸이, 비겁해요, 더러워요, 이럴 줄 몰랐어요, 정말 몰랐어요 외치며 뒤돌아서 뛰어가고 남자는 이름을 부르며 쫓아가려다 말고 엉거주춤 섰는데 가난한 애인과 눈이 마주쳤다. 그와 동시에 여자가 울음을 터뜨리며, 가세요, 어서 가 보세요, 난 상관없어요 하며 부잣집 딸과는 반대 방향으로 뛰어간다. 남자는 이쪽저쪽을 두리번거리며 울상이 되고…… 월전댁은 입술을 잘근잘근 깨물며 넋을 빼고 앉아 있었다.

월전댁은 장면이 바뀔 때마다 얼굴을 찡그리기도 했고, 혀를 끌끌 차기도 했고, 흡족하게 웃기도 했고, 엉덩이를 들썩 올리기도 했다.

"엄마, 나 목말라."

국민학교• 3학년인 아들이 화면에 눈을 둔 채 말했다.

"……."

"엄마, 나 목마르다니까!"

아들의 목소리가 좀 더 커졌다.

• 국민학교 '초등학교'의 전 용어.

"……."
"아, 엄마! 나 목마르단 말야!"
아들이 꽤액 소리를 질렀다. 그때서야 월전댁의 고개가 아들 쪽으로 획 돌려졌다. 그런 그네의 눈길이 매서웠다.
"아 니놈이 목 타면 니놈 손으로 떠다 처먹지, 어디다 대고 악을 써!"
월전댁의 외침과 동시에 주먹이 아들의 머리통을 쥐어 갈겼다. 그 서슬에 아들이 발딱 일어섰다.
"엄만 텔레비전이라면 미치고 환장이야."
아들이 투덜거리며 방문을 차고 나갔다. 그리고 아들의 황급한 외침이 들린 것은 잠시 후였다.
"엄마, 불이야! 불났어!"
"……?"
월전댁은 어리둥절했다. 어디서 들리는 소린지 잠시 분간이 안 갔다.
"엄마! 불이야, 불!"
아들이 문을 박차고 뛰어들었다.
"부울? 어디냐, 어디!"
월전댁이 방을 뛰쳐나갔다.
불길은 부엌을 다 채우고 넘쳐나 처마 밑을 핥고 있었다.
"달수 아부지, 달수 아부지, 불이오, 불! 불이 났소."
월전댁은 펄쩍펄쩍 뛰며 남편을 찾았다. 아직 돌아올 시간이 아니었다.
"달수야, 달수야!"

방으로 뛰어들면서 외쳤다.
"엄마, 나 여깄어, 여기."
아들이 여동생 손을 잡고 마당가에서 와들와들 떨며 소리쳤다.
"아, 얼렁 사람들 불러. 불 끄라고 사람들 불러!"
되돌아 나온 월전댁이 뒤집혀진 눈으로 울부짖었다.
"불이야! 불이야!"
"사람 살려! 불이야!"
월전댁위 째지는 부르짖음과 아들의 울먹이는 외침이 어두운 골목으로 퍼져 나가기 시작했다.
어쩐 일인지 사람들의 기척은 들리지 않았고, 월전댁이 사립을 떠다밀고 마당으로 뛰어들어 외쳐서야 비로소 방문이 열리는 것이었다.
사람들이 손에 손에 물통을 들고 월전댁의 집에 당도했을 때는 이미 불길은 처마 밑을 빙그르르 돌아 지붕으로 번진 뒤였다.
"살림살이라도 좀 꺼내 봐야지!"
"틀렸어. 저 불길 좀 봐!"
"딴 데로 번지지나 못하게 해."
"아니, 이 꼴이 되도록 뭘 한 거야."
불길은 절망적이었다. 사람들은 가져온 물을 열심히 끼얹기는 했지만 푸시식푸시식 순간적으로 연기만 일으킬 뿐 불길은 점점 거세어 갔다. 사람들은 더 물을 길어 오려 하지 않았다. 이 눈치를 챈 월전댁이 갑자기 소리를 질렀다.
"내 년이 미친년이여, 내 년이 미쳤어. 나 같은 년은 죽어야 돼."
월전댁은 불길을 향해 내달렸다.

"잡아!"

"저런, 저런……."

남자들이 쫓아가서 간신히 월전댁을 붙들었다.

"놔요. 놔! 난 죽어야 돼. 죽어야 돼. 그까짓 게 뭐라고, 난 죽어야 돼애!"

눈을 허옇게 뒤집은 월전댁은 무서운 기운으로 발버둥질 치며 한사코 불길을 향해 내달을 기세였다.

 활동하기

❶ 이 소설의 내용을 중심으로 다음 활동을 해 봅시다.

(1) 마을에 들어온 문명의 이기를 나열해 봅시다.

(2) 마을 사람들에게 텔레비전은 어떤 의미가 있었나요?

긍정적인 면	부정적인 면
• 마을 사람들에게 새로운 문화를 가져다주었다. • 새로운 소식과 정보를 알려 주었다. • ①	• 할부라는 제도로 마을 사람들을 혹하게 하여, 새로운 문물을 무턱대고 사게 하는 장치로 쓰였다. • ②

❷ 다음은 소설의 마지막 부분입니다. 이 장면을 통해 작가가 드러내고자 한 주제 의식은 무엇일지 이야기해 봅시다.

> 월전댁은 불길을 향해 내달렸다.
> "잡아!"
> "저런, 저런……."
> 남자들이 쫓아가서 간신히 월전댁을 붙들었다.
> "놔요. 놔! 난 죽어야 돼. 죽어야 돼. 그까짓 게 뭐라고, 난 죽어야 돼애!"
> 눈을 허옇게 뒤집은 월전댁은 무서운 기운으로 발버둥질치며 한사코 불길을 향해 내달을 기세였다.

❸ 다음을 읽고 '마술의 손'이라는 말에 담긴 두 가지 의미를 추측해서 써 봅시다.

> (가) 아낙네들은 이제 퀴퀴하고 질척질척한 느낌의 생활 속의 이야기들은 거의 잊어버리고 있었다. 누가 누구보다 미남 탤런트고, 어느 가수가 누구보다 더 노래를 잘 부른다고 우김질하는 것이 한결 재미가 고소했던 것이다.
>
> (나) 청년들은 매달 같은 날짜에 나타나 또박또박 돈을 받아 갔다. 처음 팔아먹을 때와는 달리 하루만 늦어도 이자를 가산하겠다고 으름장을 놓았고, 한 달이 늦으면 그동안 낸 돈은 무효로 하고 물건을 가져가겠다고 큰소리를 쳤다. 그런데 이 말에 꼼짝을 못할 것이, 읽어 보지도 않고 도장을 찍어 주고 받은 월부 계약서란 것에 그 조항들이 똑똑히 적혀 있었다.

(가): _____

(나): _____

📖 다르게 읽기

❹ 다음은 '휘게'의 뜻을 풀이한 것입니다. 물질의 풍요로움을 추구하는 삶과 불편하더라도 자연이나 '휘게'와 같은 가치를 추구하는 삶을 선택하여 살아가는 이유를 말해 봅시다.

> 휘게(hygge: 덴마크어·노르웨이어): 편안함, 따뜻함, 아늑함, 안락함을 뜻하는 명사. 가족이나 친구와 함께 또는 혼자서 보내는 소박하고 여유로운 시간, 일상 속의 소소한 즐거움이나 안락한 환경에서 오는 행복을 뜻하는 단어로 사용함.

작품 해설

편리한 현대 문명 속에 감추어진 이면

우리나라는 1970년대에 접어들어 경제적으로 급속하게 성장하기 시작합니다. 그러나 이 같은 성장의 이면에는 많은 부작용도 따랐습니다. 빈부 격차의 심화, 남에 대한 배려나 관심의 부족, 인간의 바람직한 삶에 대한 성찰보다는 돈을 우선시하는 풍조 등이 만연하였습니다.

이 소설은 문명의 이기인 전기가 시골 마을에 들어오면서 경제적 불평등에 따른 빈부 격차가 개인은 물론 공동체 사회를 어떻게 무너뜨리는지를 잘 보여 주고 있습니다. 밤골 마을은 전기가 들어오기 전에는 마을 사람들 사이에 단합이 잘 되고 서로 도와주는 공동체적 삶을 살고 있었습니다. 하지만 전기가 들어오고 할부로 구입한 텔레비전으로 인해 밤골의 마을 공동체에서는 단합하는 모습을 찾아볼 수 없게 됩니다. 밤에 오순도순 모여서 이야기를 나누거나 반딧불이를 쫓는 아이들의 왁자한 외침도 없습니다. 나아가 이 텔레비전은 사람들의 현실의 삶도 왜곡시킵니다. 자신이 뿌리내리고 있는 삶은 잊고 텔레비전 속의 탤런트, 가수가 삶의 중심으로 자리 잡습니다.

'전기'와 '텔레비전'으로 상징되는 현대 문명의 폐해는 월전댁의 비극적인 모습에서 상징적으로 드러납니다. 불타고 있는 집을 향해 내달리며 '내가 미친년'이라고 울부짖는 월전댁의 모습은 현대 문명의 편리함 속에 도사리고 있는 자본주의의 맹점을 극단적으로 보여 주는 것입니다. "과연 현대 문명은 우리의 삶을 풍요롭게 해 주었는가?" 하는 질문은 「마술의 손」이 쓰인 1970년대만이 아니라 현재에도 유효한 질문입니다.

엮어 읽기

구본권, 『로봇 시대, 인간의 일』

「마술의 손」이 텔레비전으로 상징되는 현대 문명의 폐해를 이야기하고 있다면 이 책은 우리가 로봇과 인공 지능의 시대에 마주하게 될 상황을 질문 형식으로 보여 주고 있습니다. 삶의 모든 것이 데이터화되고 자동화되는 시대에 세상을 어떻게 살아가야 하는가를 생각할 수 있습니다.

수난이대

하근찬(1931~2007)

하근찬 작가는 경상북도 영천에서 태어났습니다. 1957년 「한국일보」 신춘문예에 「수난이대」가 당선되어 작품 활동을 시작했습니다. 농촌을 배경으로 농민들이 겪는 민족적 수난을 사실적으로 묘사하며, 역사적 현실 속에 드러난 사회의 모순을 고발하는 작품을 주로 썼습니다. 주요 작품에는 「나룻배 이야기」, 「흰 종이수염」, 「왕릉과 주둔군」, 「붉은 언덕」 등이 있습니다.

　'수난'이란 견디기 힘든 어려운 일을 당하는 것을, '이대'는 '2대' 즉 두 세대를 말해요. 따라서 '수난이대'란 두 세대에 걸친 수난을 의미하죠.
　우리 민족은 역사적으로 많은 수난을 겪었습니다. 옛날부터 많은 전쟁을 치러야 했고, 일제 강점기 때는 나라를 빼앗긴 채 고통스러운 시간을 보내야만 했어요. 게다가 광복 후에도 동족상잔의 비극을 겪게 되지요. 그렇다면 그렇게 힘겨운 시대를 살아 내야 했던 우리 아버지의 아버지, 그 아버지의 아버지들의 삶은 과연 어떠했을까요?
　이 작품 속에는 각각 다른 역사적 수난에 휘말려 상처 입은 아버지와 아들이 등장합니다. 역사적 고난이 닥쳤을 때, 그 힘든 시기를 오롯이 견뎌 내야 했던 평범한 민중의 삶은 과연 어떠했을지 이 작품을 읽으며 함께 살펴봅시다.

 내 인생 최대의 수난은 무엇이었나요?

수난이대

• 하근찬 •

　진수가 돌아온다. 진수가 살아서 돌아온다. 아무개는 전사했다는 통지가 왔고, 아무개 아무개는 죽었는지 살았는지 통 소식이 없는데, 우리 진수는 살아서 오늘 돌아오는 것이다. 생각할수록 어깻바람•이 날 일이다. 그래 그런지 몰라도 박만도는 여느 때 같으면 아무래도 한두 군데 앉아 쉬어야 넘어설 수 있는 용머리재를 단숨에 올라채고 말았다. 가슴이 펄럭거리고, 허벅지가 뻐근했다. 그러나 그는 고갯마루에서도 쉴 생각을 하지 않았다. 들 건너 멀리 바라보이는 정거장에서 연기가 물씬물씬 피어오르며 삐익 기적 소리가 들려왔기 때문이다. 아들이 타고 내려올 기차는 점심때가 가까워야 도착한다는 것을 모르는 바 아니다. 해가 이제 겨우 산등성이 위로 한 뼘가량 떠올랐으니, 오정•이 되려면 아직 차례 멀었다. 그러나 그는 공연히 마음이 바빴다. 까짓것, 잠시 앉아 쉰들 뭐 할 끼고.
　만도는 손가락으로 한쪽 콧구멍을 찍 누르면서 팽! 마른 코를 풀어 던졌다. 그리고 휘청휘청 고갯길을 내려간다.

• **어깻바람**　신이 나서 어깨를 으쓱거리며 활발히 움직이는 기운.
• **오정**　낮 열두 시.

내리막은 오르막에 비하면 아무것도 아니었다. 대고 팔을 흔들라 치면 절로 굴러 내려가는 것이다. 만도는 오른쪽 팔만을 앞뒤로 흔들고 있었다. 왼쪽 팔은 조끼 주머니에 아무렇게나 쑤셔 넣고 있는 것이다. 삼대독자가 죽다니 말이 되나, 살아서 돌아와야 일이 옳고말고. 그런데 병원에서 나온다 하니 어디를 좀 다치기는 다친 모양이지만, 설마 나같이 이렇게사 되지 않았겠지. 만도는 왼쪽 조끼 주머니에 꽂힌 소맷자락을 내려다보았다. 그 소맷자락 속에는 아무것도 든 것이 없었다. 그저 소맷자락만이 어깨 밑으로 덜렁 처져 있는 것이다. 그래서 노상 그쪽은 조끼 주머니 속에 꽂혀 있는 것이다. 볼기짝이나 장딴지 같은 데를 총알이 약간 스쳐 갔을 따름이겠지. 나처럼 팔뚝 하나가 몽땅 달아날 지경이었다면 엄살스런 놈이 견뎌 냈을 턱이 없고말고. 슬며시 걱정이 되기도 하는 듯 그는 속으로 이런 소리를 주워섬겼다.

내리막길은 빨랐다. 벌써 고갯마루가 저만큼 높이 쳐다보였다. 산모퉁이를 돌아서면 이제 들판이다.

내리막길을 쏘아 내려온 기운 그대로, 만도는 들길을 잰걸음 쳐 나가다가 개천 둑에 이르러서야 걸음을 멈추었다. 외나무다리가 놓여 있는 조그마한 시냇물이었다. 한여름 장마철에는 들어설라치면 배꼽이 묻히는 수도 있었지마는, 요즈음엔 무릎이 잠길 듯 말 듯한 물이었다. 가을이 깊어지면서부터 물은 밑바닥이 환히 들여다보일 만큼 맑아져 갔다. 소리도 없이 미끄러져 내려가는 물을 가만히 내려다보고 있으면 절로 이가 시려 온다.

만도는 물기슭에 내려가서 쭈그리고 앉아 한 손으로 고의춤•을

• **고의춤** 고의나 바지의 허리를 접어서 여민 사이.

풀어 헤쳤다. 오줌을 찌익 갈기는 것이다. 거울 면처럼 맑은 물 위에 오줌이 가서 부글부글 끓어오르며 뿌우연 거품을 이루니 여기저기서 물고기 떼가 모여든다. 제법 엄지손가락만씩 한 피리˙도 여러 마리다. 한 바가지 잡아서 회 쳐 놓고 한잔 쭈욱 들이켰으면……. 군침이 목구멍에서 꿀꺽했다. 고기 떼를 향해서 마른 코를 팽팽 풀어 던지고, 그는 외나무다리를 조심히 디뎠다.

 길이가 얼마 되지 않는 다리였으나, 아래로 물을 내려다보면 제법 아찔했다. 그는 이 외나무다리를 퍽 조심했다.

 언젠가 한번 읍에서 술이 꽤 되어 가지고 흥청거리며 돌아오다가 물에 굴러떨어진 일이 있었던 것이다. 지나치는 사람이 없었기에 망정이지, 누가 보았더라면 큰 웃음거리가 될 뻔했었다. 발목 하나를 약간 접쳤을 뿐, 크게 다친 데는 없었다. 이른 가을철이었기 때문에 옷을 벗어 둑에 널어놓고 말릴 수는 있었으나, 여간 창피스러운 것이 아니었다. 옷이 말짱˙ 젖었다거나 옷이 마를 때까지 발가벗고 기다려야 한다거나 해서가 아니었다. 팔뚝 하나가 몽땅 잘려 나간 흉측한 몸뚱이를 하늘 앞에 드러내 놓고 있어야 했기 때문이었다. 지나치는 사람이 있을라치면 하는 수 없이 물속으로 뛰어들어 가서 얼굴만 내놓고 앉아 있었다. 물이 선뜩해서˙ 아래턱이 덜덜거렸으나, 오그라 붙는 사타구니께를 한 손으로 꽉 움켜쥐고 버티는 수밖에 없었다.

 "흐흐흐……."

 그때 일을 생각하면 지금도 웃음이 터져 나온다. 하늘로 쳐들린

˙ **피리** '송사리'의 방언.
˙ **말짱** 속속들이 모두.
˙ **선뜩해서** 갑자기 서늘한 느낌이 있어.

콧구멍이 연방* 벌름거렸다.
　개천을 건너서 논두렁길을 한참 부지런히 걸어가노라면 읍으로 들어가는 한길이 나선다. 도로변에 먼지를 부옇게 덮어쓰고 도사리고 앉아 있는 초가집은 주막이다. 만도가 읍내에 나올 때마다 꼭 한 번씩 들르곤 하는 단골집인 것이다. 이 집 눈썹이 짙은 여편네와는 예사로 농을 주고받는 사이다.
　술방 문턱을 들어서며 만도가,
"서방님 들어가신다."
하면, 여편네는,
"아이 문둥아, 어서 오느라."
하는 것이 인사처럼 되어 있었다. 만도는 여간 언짢은 일이 있어도 이 여편네의 궁둥이 곁에 가서 앉으면 속이 절로 쑥 내려가는 것이었다.
　주막 앞을 지나치면서 만도는 술방 문을 열어 볼까 했으나, 방문 앞에 신이 여러 켤레 널려 있고, 방 안에서 웃음소리가 요란하기 때문에 돌아오는 길에 들르기로 했다.
　신작로*에 나서면 금세 읍이었다. 만도는 읍 들머리*에서 잠시 망설이다가, 정거장 쪽과는 반대되는 방향으로 걸음을 옮겼다. 장거리*를 찾아가는 것이었다. 진수가 돌아오는데 고등어나 한 손 사 가지고 가야 될 게 아닌가 싶어서였다. 장날은 아니었으나, 고깃전에는 없는 고기가 없었다. 이것을 살까 하면 저것이 좋아 보이고, 그

* **연방** 연속해서 자꾸.
* **신작로** 새로 만든 길이라는 뜻으로, 자동차가 다닐 수 있을 정도로 넓게 새로 낸 길을 이르는 말.
* **들머리** 들어가는 맨 첫머리.
* **장거리** 장이 서는 거리.

것을 사러 가면 또 그 옆의 것이 먹음직해 보였다. 한참 이리저리 서성거리다가 결국은 고등어 한 손이었다. 그것을 달랑달랑 들고 정거장을 향해 가는데, 겨드랑 밑이 간질간질해 왔다. 그러나 한쪽밖에 없는 손에 고등어를 들었으니 참 딱했다. 어깻죽지를 연방 위아래로 움직거리는 수밖에 없었다.

정거장 대합실에 들어선 만도는 먼저 벽에 걸린 시계부터 바라보았다. 2시 20분이었다. 벌써 2시 20분이라니, 내가 잘못 보나…… 아무리 두 눈을 씻고 보아도 시계는 틀림없는 2시 20분이었다. 한쪽 걸상에 가서 궁둥이를 붙이면서도 곧장 미심쩍어했다. 2시 20분이라니, 그럼 벌써 점심때가 지났단 말인가. 말도 아닌 것이다. 자세히 보니 시계는 유리가 깨어졌고, 먼지가 꺼멓게 앉아 있었다. 그러면 그렇지, 엉터리였다. 벌써 그렇게 되었을 리가 없는 것이다.

"여보이소, 지금 몇 싱교?"

맞은편에 앉은 양복쟁이한테 물어보았다.

"10시 40분이오."

"예, 그렁교."

만도는 고개를 굽실하고는 두 눈을 연방 껌벅거렸다. 10시 40분이라, 보자…… 그럼 아직도 한 시간이나 남았구나. 그는 안심이 되는 듯 후유 숨을 내쉬었다. 궐련•을 한 개 빼 물고 불을 당겼다.

정거장 대합실에 와서 이렇게 도사리고• 앉아 있노라면, 만도는 곧잘 생각하는 일이 한 가지 있었다. 그 일이 머리에 떠오르면 등골을

• **궐련** 얇은 종이로 가늘고 길게 말아 놓은 담배.
• **도사리고** ① 두 다리를 꼬부려 각각 한쪽 발을 다른 한쪽 무릎 아래에 괴고. ② 팔다리를 함께 모아 몸을 옹크리고.

찬 기운이 좍 스쳐 내려가는 것이었다. 손가락이 시퍼렇게 굳어진, 이끼 낀 나무토막 같은 팔뚝이 지금도 저만큼 눈앞에 보이는 듯했다.

바로 이 정거장 마당에 백 명 남짓한 사람들이 모여 웅성거리고 있었다. 그 중에는 만도도 섞여 있었다. 기차를 기다리고 있는 것이었으나, 그들은 모두 자기네들이 어디로 가는 것인지 알지를 못했다. 그저 차를 타라면 탈 사람들이었다. 징용*에 끌려 나가는 사람들이었다. 그러니까 지금으로부터 13, 4년 옛날의 이야기인 것이다.

북해도* 탄광으로 갈 것이라는 사람도 있었고, 틀림없이 남양 군도*로 간다는 사람도 있었다. 더러는 만주로 가면 좋겠다고 하기도 했다. 만도는 북해도가 아니면 남양 군도일 것이고, 거기도 아니면 만주겠지, 설마 저희들이 하늘 밖으로사 끌고 가겠느냐고, 아무렇지도 않은 듯이 그 들창코로 담배 연기를 푹푹 내뿜고 있었다. 그러나 마음이 좀 덜 좋은 것은 마누라가 저쪽 변소 모퉁이 벚나무 밑에 우두커니 서서 한눈도 안 팔고 이쪽만을 바라보고 있기 때문이었다. 그래서 그는 주머니 속에 성냥을 두고도 옆 사람에게 불을 빌리자고 하며 슬며시 돌아서 버리곤 했다.

플랫폼으로 나가면서 뒤를 돌아보니, 마누라는 울 밖에 서서 수건으로 코를 눌러 대고 있는 것이었다. 만도는 코허리가 찡했다. 기차가 쩩쩩 소리를 지르면서 덜커덩! 하고 움직이기 시작했을 때는 정말 덜 좋았다. 눈앞이 뿌우옇게 흐려지는 것을 어쩌지 못했다. 그러

* **징용** 일제 강점기에, 일본 제국주의자들이 조선 사람을 강제로 동원하여 부리던 일.
* **북해도** '홋카이도'를 우리 한자음으로 읽은 이름.
* **남양 군도** 태평양의 적도 부근에 흩어져 있는 섬의 무리.

나 정거장이 까맣게 멀어져 가고, 차창 밖으로 새로운 풍경이 휙휙 날아들자, 그제야 아무렇지도 않아지는 것이었다. 오히려 기분이 유쾌해지는 것 같기도 했다.

바다를 본 것도 처음이었고, 그처럼 큰 배에 몸을 실어 본 것은 더구나 처음이었다. 배 밑창에 엎드려서 꽥꽥 게워 내는 사람들이 많았으나, 만도는 그저 골이 좀 띵했을 뿐 아무렇지도 않았다. 더러는 하루에 두 개씩 주는 뭉치 밥을 남기기도 했으나, 그는 한꺼번에 하루 것을 뚝딱해도 시원찮았다.

모두들 내릴 준비를 하라는 명령이 떨어진 것은 사흘째 되는 날 황혼 때였다. 제각기 봇짐●을 챙기기에 바빴다. 만도도 호박 덩이만 한 보따리를 옆구리에 덜렁 찼다. 갑판 위에 올라가 보니 하늘은 활활 타오르고 있고, 바닷물은 불에 녹은 쇠처럼 벌겋게 출렁거리고 있었다. 지금 막 태양이 물 위로 뚝 떨어져 가는 중이었다. 해 덩어리가 어쩌면 그렇게 크고 붉은지 정말 처음이었다. 그리고 바다 위에 주황빛으로 번쩍거리는 커다란 산이 둥둥 떠 있는 것이었다. 무시무시하도록 황홀한 광경에 모두들 딱 벌어진 입을 다물 줄 몰랐다. 만도는 어깨 마루를 버쩍 들어 올리면서 히야, 고함을 질러 댔다. 그러나 섬에서 그들을 기다리고 있는 것은 숨 막히는 더위와 강제 노동과 그리고 잠자리만씩이나 한 모기떼…… 그런 것뿐이었다.

섬에다가 비행장을 닦는 것이었다. 모기에게 물려 혹이 된 자리를 벅벅 긁으며 비 오듯 쏟아지는 땀을 무릅쓰고 아침부터 해가 떨어질 때까지 산을 허물어 내고, 흙을 나르고 하기란 고향에서 농사일에 뼈

● **봇짐** 등에 지기 위하여 물건을 보자기에 싸서 꾸린 짐.

가 굳어진 몸에도 이만저만한 고역이 아니었다. 물도 입에 맞지 않았고, 음식도 이내 변하곤 해서 도저히 견디어 낼 것 같지가 않았다. 게다가 병까지 돌았다. 일을 하다가도 벌떡 자빠지기가 예사였다. 그러나 만도는 아침저녁으로 약간씩 설사를 했을 뿐 넘어지지는 않았다. 물도 차츰 입에 맞아 갔고, 고된 일도 날이 감에 따라 몸에 배어 드는 것이었다. 밤에 날개를 치며 몰려드는 모기떼만 아니면 그냥저냥 배겨 내겠는데, 정말 그놈의 모기들만은 질색이었다.

사람의 힘이란 무서운 것이었다. 그처럼 험난하던 산과 산 틈바구니에 비행장을 닦아 내고야 말았던 것이다. 그러나 일은 그것으로 끝나는 것이 아니고, 오히려 더 벅찬 일이 기다리고 있었다. 연합군의 비행기가 날아들면서부터 일은 밤중까지 계속되었다. 산허리에 굴을 파 들어가는 작업이었다. 비행기를 집어넣을 굴이었다. 그리고 모든 시설을 다 굴속으로 옮겨야 하는 것이었다.

여기저기서 다이너마이트 튀는 소리가 산을 흔들어 댔다. 앵앵앵 하고 공습경보*가 나면 일을 하던 손을 놓고 모두가 굴 바닥에 납작납작 엎드려 있어야 했다. 비행기가 돌아갈 때까지 그러고 있는 것이었다. 어떤 때는 근 한 시간 가까이나 엎드려 있어야 하는 때도 있었는데, 차라리 그것이 얼마나 편한지 몰랐다. 그래서 더러는 공습이 있기를 은근히 기다리기도 했다. 때로는 공습경보의 사이렌을 듣지 못하고 그냥 일을 계속하는 수도 있었다. 그럴 때면 모두 큰 손해를 보았다고 야단들이었다. 어떻게 된 셈인지 사이렌이 미처 불기 전에 비행기가 산등성이를 넘어 들이닥치는 수도 있었다. 그럴 때는

● **공습경보** 적의 항공기가 공습하여 왔을 때 위험을 알리는 경보.

정말 질겁을 했다. 가장 많이 피해를 낸 것도 그런 경우였다. 만도가 한쪽 팔뚝을 잃어버린 것도 바로 그런 때의 일이었다.

여느 날과 다름없이 굴속에서 바위를 허물어 내고 있었다. 바위 틈서리에 구멍을 뚫어서 다이너마이트 장치를 하는 것이었다. 장치가 다 되면 모두 바깥으로 나가고, 한 사람만 남아서 불을 당기는 것이다. 그리고 그것이 터지기 전에 얼른 밖으로 뛰어나와야 한다.

만도가 불을 당기는 차례였다. 모두 바깥으로 나가 버린 다음 그는 성냥을 꺼냈다. 그런데 웬 영문인지 기분이 꺼림칙했다. 모기에 물린 자리가 자꾸 쑥쑥 쑤시는 것이 아닌가. 긁적긁적 긁어 댔으나 도무지 시원한 맛이 없었다. 그는 이맛살을 찌푸리면서 성냥을 득! 그었다. 그래 그런지 몰라도 불은 이내 픽 하고 꺼져 버렸다. 성냥 알맹이 네 개째에서 겨우 심지에 불이 당겨졌다. 심지에 불이 붙는 것을 보자, 그는 얼른 몸을 굴 밖으로 날렸다. 바깥으로 막 나서려는 때였다. 산이 무너지는 듯한 소리와 함께 사나운 바람이 귓전을 후려갈기는 것이었다. 만도는 정신이 아찔했다. 공습이었던 것이다. 산등성이를 넘어 달려든 비행기가 머리 위로 아슬아슬하게 지나가는 것이었다. 미처 정신을 차리기도 전에 또 한 대가 뒤따라 날아드는 것이 아닌가. 만도는 그만 넋을 잃고 굴 안으로 도로 달려 들어갔다. 달려 들어가서 굴 바닥에 엎드리고 말았다. 그 순간이었다. 쾅! 굴 안이 미어지는 듯하면서 다이너마이트가 터졌다. 만도의 두 눈에서 불이 번쩍했다.

만도가 어렴풋이 눈을 떠 보니, 바로 거기 눈앞에 누구의 것인지 모를 팔뚝이 하나 아무렇게나 던져져 있었다. 손가락이 시퍼렇게 굳어져서 마치 이끼 낀 나무토막처럼 보이는 팔뚝이었다. 만도는 그것이 자기의 어깨에 붙어 있던 것인 줄을 알자, 그만 으악! 정신을 잃어버렸다. 재차 눈을 떴을 때는 그는 푹신한 담요 속에 누워 있었고, 한쪽 어깻죽지가 못 견디게 쿡쿡 쑤셔 댔다. 절단 수술이 이미 끝난 뒤였다.

쌔애액 기적 소리였다. 멀리 산모퉁이를 돌아오는가 보다. 만도는 자리를 털고 벌떡 일어서며 옆에 놓아 둔 고등어를 집어 들었다. 기적 소리가 가까워질수록 가슴이 울렁거렸다. 대합실 밖으로 뛰어나가 플랫폼이 잘 보이는 울타리 쪽으로 가서 발돋움을 했다.

땡땡땡 종이 울리자, 잠시 후 차는 소리를 지르면서 들이닥쳤다. 기관차의 옆구리에서는 김이 픽픽 풍겨 나왔다. 만도의 얼굴은 바짝 긴장되었다. 시커먼 열차 속에서 꾸역꾸역 사람들이 밀려 나왔다. 꽤 많은 손님이 쏟아져 내리는 것이었다. 만도의 두 눈은 곧장 이리저리 굴렀다. 그러나 아들의 모습은 쉽사리 눈에 띄지가 않았다. 저쪽 출입구로 밀려가는 사람의 물결 속에 두 개의 지팡이를 짚고 절룩거리면서 걸어 나가는 상이군인•이 있었으나, 만도는 그 사람에게 주의가 가지는 않았다.

기차에서 내릴 사람은 모두 내렸는가 보다. 이제 미처 차에 오르지 못한 사람들이 플랫폼을 이리저리 서성거리고 있을 뿐인 것이다. 그놈이 거짓으로 편지를 띄웠을 리 없을 건데…… 만도는 자꾸 가슴이 떨렸다. 이상한 일인데…… 하고 있을 때였다. 분명히 뒤에서,

"아부지!"

부르는 소리가 들렸다. 만도는 깜짝 놀라며 얼른 뒤를 돌아보았

• **상이군인** 전투나 군사상 공무 중에 몸을 다친 군인.

다. 그 순간 만도의 두 눈은 무섭도록 크게 떠지고, 입은 딱 벌어졌다. 틀림없는 아들이었으나, 옛날과 같은 진수가 아니었다. 양쪽 겨드랑이에 지팡이를 끼고 서 있는데, 스쳐 가는 바람결에 한쪽 바짓가랑이가 펄럭거리는 것이 아닌가.

만도는 눈앞이 노래지는 것을 어쩌지 못했다. 한참 동안 그저 멍멍하기만 하다가, 코허리가 찡해지면서 두 눈에 뜨거운 것이 핑 도는 것이었다.

"에라이 이놈아!"

만도의 입술에서 모질게 튀어나온 첫마디였다. 떨리는 목소리였다. 고등어를 든 손이 불끈 주먹을 쥐고 있었다.

"이기 무슨 꼴이고, 이기."

"아부지!"

"이놈아, 이놈아……."

만도의 들창코가 크게 벌름거리다가 훌쩍 물코를 들이마셨다.

진수의 두 눈에서는 어느 결에 눈물이 꾀죄죄하게 흘러내리고 있었다. 만도는 모든 게 진수의 잘못이기나 한 듯 험한 얼굴로,

"가자, 어서!"

무뚝뚝한 한마디를 던지고는 성큼성큼 앞장을 서 가는 것이었다.

진수는 입술에 내려와 묻는 짭짤한 것을 혀끝으로 날름 핥아 버리면서 절름절름 아버지의 뒤를 따랐다.

앞장서 가는 만도는 뒤따라오는 진수를 한 번도 돌아보지 않았다. 한눈을 파는 법도 없었다. 무겁디무거운 짐을 진 사람처럼 땅바닥만을 내려다보며 이따금 끙끙거리면서 부지런히 걸어만 가는 것이다. 지팡이에 몸을 의지하고 걷는 진수가 성한 사람의, 게다가 부지런히

걷는 걸음을 당해 낼 수는 도저히 없었다. 한 걸음 두 걸음씩 뒤지기 시작한 것이 그만 작은 소리로 불러서는 들리지 않을 만큼 떨어져 버리고 말았다. 진수는 목구멍에서 왈칵 넘어오려는 뜨거운 기운을 참느라고 어금니를 야물게 깨물어 보기도 했다. 그리고 두 개의 지팡이와 한 개의 다리를 열심히 움직여 대는 것이었다.

앞서간 만도는 주막집 앞에 이르자, 비로소 한 번 뒤를 돌아보았다. 진수는 오다가 나무 밑의 그늘에서 오줌을 누고 있었다. 지팡이는 땅바닥에 던져 놓고, 한쪽 손으로는 볼일을 보고, 한쪽 손으로는 나무둥치를 안고 있는 꼬락서니가 을씨년스럽기 이를 데 없었다. 만도는 눈살을 찌푸리며 으음 신음 소리 비슷한 무거운 소리를 토했다. 그리고 술방 앞으로 가서 방문을 왈칵 잡아당겼다.

기역자 판 안에 도사리고 앉아서 속옷을 뒤집어 이를 잡고 있던 여편네가 킥 웃으며 후닥닥 옷섶을 여몄다. 그러나 만도는 웃지를 않았다. 방문턱을 넘어서면서도 서방님 들어가신다는 소리도 내뱉지 않았다. 이처럼 뚝뚝한 얼굴을 하고 이 술방에 들어서기란 처음일 것이다. 여편네가 멋도 모르고,

"오늘은 서방님 아닌가 배."
하고 킬룩 웃었으나, 만도는 으음 또 무거운 신음 소리를 했을 뿐이었다.

기역자 판 앞에 가서 쭈그리고 앉기가 바쁘게,
"빨리빨리."
재촉이었다.
"핫다나, 어지간히도 바쁜가 배."
"빨리 곱빼기로 한 사발 달라니까구마."

"오늘은 와 이카노?"

여편네가 건네주는 술 사발을 받아 들며 만도는 후유 한숨을 크게 내쉬었다. 그리고 입을 얼른 사발로 가져갔다. 꿀꿀꿀 잘도 넘어간다. 그 큰 사발을 단숨에 비워 버리고는 도로 여편네 앞으로 불쑥 내민다.

그렇게 거들빼기•로 석 잔을 해치우고서야 으으윽 게트림•을 했다. 여편네가 눈이 휘둥그레 가지고 혀를 내둘렀다. 빈속에 술을 그처럼 때려 마시고 보니 금세 눈두덩이 확확 달아오르고, 귀뿌리가 발갛게 익어 갔다.

술기가 얼근하게• 돌자, 이제 좀 속이 풀리는 것 같아 방문을 열고 바깥을 내다보았다. 진수는 이마에 땀을 척척 흘리면서 저만큼 오고 있었다.

"진수야!"

버럭 소리를 질렀다.

"이리 들어와 보래."

진수는 아무런 대꾸도 없이 어기적어기적 다가왔다.

다가와서 방문턱에 걸터앉으니까 여편네가 보고,

"방으로 좀 들어오이소."

한다.

"여기 좋심더."

그는 수세미 같은 손수건으로 이마와 코언저리를 아무렇게나 훔친다.

- **거들빼기** 연거푸. 잇따라 여러 번 되풀이하여.
- **게트림** 거만스럽게 거드름을 피우며 하는 트림.
- **얼근하게** 술에 취하여 정신이 조금 어렴풋하게.

"마, 아무 데서나 묵어라. 저 국수 한 그릇 말아 주소."

"야."

"곱빼기로 잘 좀…… 참지름•도 치소, 잉?"

"야아."

여편네는 코로 히죽 웃으면서 만도의 옆구리를 살짝 꼬집고는, 소쿠리에서 삶은 국수 두 뭉텅이를 집어 든다.

진수가 국수를 훌훌 끌어 넣고 있을 때, 여편네는 만도의 귓전으로 얼굴을 살짝 갖다 댄다.

"아들인가?"

만도는 고개를 약간 끄덕거렸을 뿐 좋은 기색을 하지 않았다.

진수가 국물을 훌쩍 들이마시고 나자 만도는,

"한 그릇 더 묵을래?"

한다.

"아니예."

"한 그릇 더 묵지 와?"

"고만 묵을랍니다."

진수는 입술을 썩 닦으며 부스스 자리에서 일어났다.

주막을 나선 그들 부자는 논두렁길로 접어들었다. 조금 전처럼 만도가 앞장을 서는 것이 아니라, 이번에는 진수를 앞세웠다. 지팡이를 짚고 기우뚱기우뚱 앞서가는 아들의 뒷모습을 바라보며 팔뚝이 하나밖에 없는 아버지가 느릿느릿 따라가는 것이다. 손에 매달린 고등어가 곧장 달랑달랑 춤을 춘다. 너무 급하게 들이부어서 그런지

• 참지름 '참기름'의 방언.

만도의 배 속에서는 우글우글 술이 끓고, 다리가 휘청거린다. 콧구멍으로 더운 숨을 훅훅 내뿜어 본다. 정신이 아르하다. 좋다.

"진수야."

"예."

"니 우짜다가 그래 됐노?"

"전쟁하다가 이래 안 됐심니꺼. 수류탄 쪼가리에 맞았심더."

"수류탄 쪼가리에?"

"예."

"음……."

"얼른 낫지 않고 막 썩어 들어가기 땜에 군의관이 짤라 버립띠더. 병원에서예."

"……."

"아부지."

"와?"

"이래 가지고 나 우째 살까 싶습니더."

"우째 살긴 뭘 우째 살아. 목숨만 붙어 있으면 다 사는 기다. 그런 소리 하지 마라."

"……."

"나 봐라, 팔뚝이 하나 없어도 잘만 안 사나. 남 봄에 좀 덜 좋아서 그렇지, 살기사 와 못 살아."

"차라리 아부지같이 팔이 하나 없는 편이 낫겠어예. 다리가 없어 노니 첫째 걸어 댕기기가 불편해서 똑 죽겠심더."

"야야, 안 그렇다. 걸어 댕기기만 하면 뭐 하노. 손을 제대로 놀려야 일이 뜻대로 되지."

"그럴까예?"

"그렇다니까. 그러니까 집에 앉아서 할 일은 니가 하고, 나댕기메 할 일은 내가 하고, 그라면 안 되겠나, 그제?"

"예."

진수는 가벼운 한숨을 내쉬며 아버지를 돌아보았다. 만도는 돌아보는 아들의 얼굴을 향해서 지그시 웃어 주었다.

술을 마시고 나면 이내 오줌이 마려워진다. 만도는 길가에 아무데나 쭈그리고 앉아서 고기 묶음을 입에 물려고 한다. 그것을 본 진수는,

"아부지, 그 고등어 이리 주이소."

한다.

팔이 하나밖에 없는 몸으로 물건을 손에 든 채 소변을 볼 순 없는 것이다. 아버지가 볼일을 마칠 때까지 진수는 저만큼 떨어져 서서 지팡이를 한쪽 손에 모아 쥐고, 다른 손으로 고등어를 들고 있었다. 볼일을 다 본 만도는 얼른 가서 아들의 손에서 고등어를 다시 받아 든다.

개천 둑에 이르렀다. 외나무다리가 놓여 있는 그 시냇물이다. 진수는 슬그머니 걱정이 되었다. 물은 그렇게 깊은 것 같지 않지만, 밑바닥이 모래흙이어서 지팡이를 짚고 건너가기가 만만할 것 같지 않기 때문이다. 외나무다리는 도저히 건너갈 재주가 없고…… 진수는 하는 수 없이 둑에 퍼지르고 앉아서 바짓가랑이를 걷어 올리기 시작했다.

만도는 잠시 멀뚱히 서서 아들의 하는 양을 내려다보고 있다가,

"진수야, 그만두고, 자아, 업자."

하는 것이었다.

"업고 건느면 일이 다 되는 거 아니가. 자아, 이거 받아라."

고등어 묶음을 진수 앞으로 내민다.

진수는 퍽 난처해하면서 못 이기는 듯이 그것을 받아 들었다. 만도는 등어리를 아들 앞에 갖다 대고 하나밖에 없는 팔을 뒤로 버쩍 내밀며,
  "자아, 어서!"
 했다.
  진수는 지팡이와 고등어를 각각 한 손에 쥐고, 아버지의 등어리로 가서 슬그머니 업혔다. 만도는 팔뚝을 뒤로 돌리면서 아들의 하나뿐인 다리를 꼭 안았다. 그리고,
  "팔로 내 목을 감아야 될 끼다."
 했다.
  진수는 무척 황송한 듯 한쪽 눈을 찍 감으면서 고등어와 지팡이를 든 두 팔로 아버지의 목줄기를 부둥켜안았다.
  만도는 아랫배에 힘을 주며 끙 하고 일어났다. 아랫도리가 약간 후들거렸으나 걸어갈 만은 했다. 외나무다리 위로 조심조심 발을 내디디며 만도는 속으로, 이제 새파랗게 젊은 놈이 벌써 이게 무슨 꼴이고. 세상을 잘못 만나서 진수 니 신세도 참 똥이다 똥. 이런 소리를 주워섬겼고, 아버지의 등에 업힌 진수는 곧장 미안스러운 얼굴을 하며,
  '나꺼정 이렇게 되다니 아부지도 참 복도 더럽게 없지. 차라리 내가 죽어 버렸더라면 나았을 낀데……'
 하고 속으로 중얼거렸다.
  만도는 아직 술기가 약간 있었으나, 용케 돈을 가누며 아들을 업고 외나무다리를 조심조심 건너가는 것이었다.
  눈앞에 우뚝 솟은 용머리재가 이 광경을 가만히 내려다보고 있었다.

❶ 장소의 이동에 따라 이야기를 정리해 봅시다.

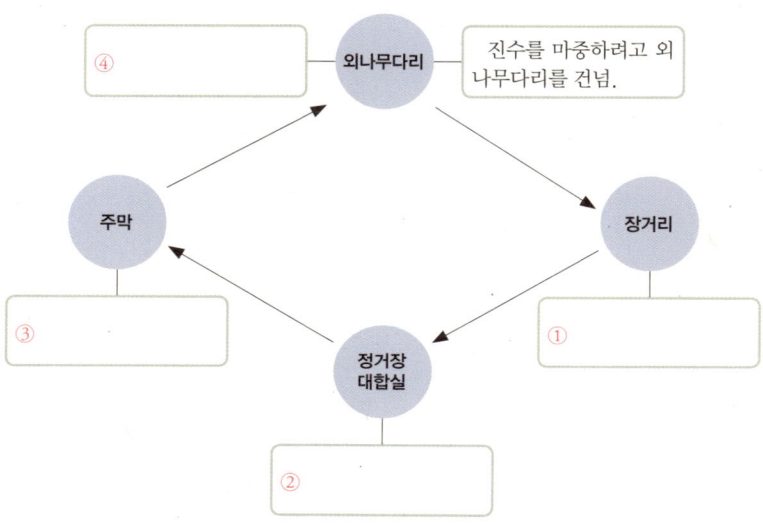

❷ 각각의 소재와 그 의미를 바르게 연결해 봅시다.

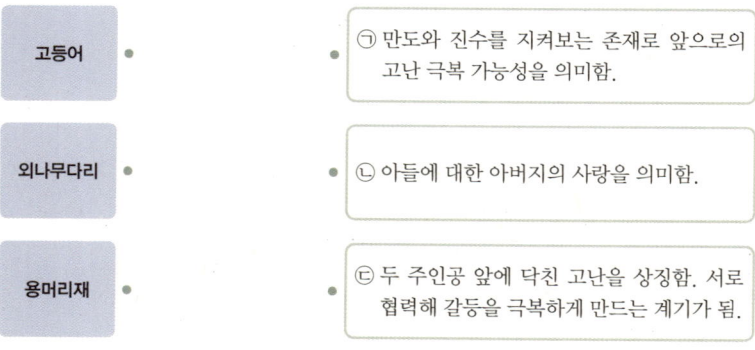

❸ 만도와 진수의 입장에서 '수난'이란 어떤 것을 의미하는지 비유법을 사용하여 문장으로 표현해 봅시다.

> 예) **은유법**: 전쟁은 괴물이다. 전쟁은 인간을 짐승으로 만들어 비이성적으로 행동하도록 하기 때문이다.
> **직유법**: 아버지는 은은한 난로와 같다. 아버지의 진심 앞에서는 모든 오해와 섭섭함이 눈처럼 다 녹아 버리기 때문이다.

만도와 진수가 겪은 수난은 _____

왜냐하면 _____

_____

다르게 읽기

❹ 이 작품을 '고난을 극복하는 의지의 한국인'이라는 주제로 '수난삼대'라고 설정하여 다시 쓴다고 할 때, 어떤 인물과 사건을 추가할 수 있을지 고민해 봅시다.

	1대	2대	3대
인물	만도	진수	
역사적 사건	태평양 전쟁으로 인한 강제 징용	6.25 전쟁	
피해 사실	한쪽 팔을 잃음.	한쪽 다리를 잃음.	

〈현대사의 주요 사건〉

1960년 4.19 혁명
1964년 베트남 전쟁 파병
1979년 부마 민주 항쟁
1980년 5.18 민주화 운동

1995년 삼풍백화점 붕괴
1999년 연평 해전
2010년 천안함 피격 사건
2014년 세월호 참사

 작품 해설

평범한 민중이 겪은 아픈 역사의 현장

여기 본인들이 원하지 않았지만 2대에 걸친 역사적 수난으로 각각 팔과 다리를 잃은 아버지와 아들이 있습니다. 아버지는 일본에 의해 강제 징용되어 일하다 한쪽 팔을 잃었고 아들은 6.25 전쟁으로 한쪽 다리를 잃었습니다.

두 사람의 불행은 한 개인의 문제가 아니라 그 당시를 살았던 수많은 사람들이 겪었던 역사적 비극이었습니다. 이 작품은 민족적 수난으로 인해 평범한 개인의 삶이 얼마나 피폐해질 수 있는지를 잘 보여 주고 있습니다. 그러나 만도와 진수는 왜 자신들이 그런 불행을 겪어야 하는지 묻지 않습니다. 위정자들이 이념과 경제 논리로 전쟁을 일으킬 때, 아픈 역사의 현장에서 서로 부족한 부분을 메꾸고 도우며 고난과 시련을 묵묵히 이겨 내며 삶을 가꾸어 가는 일은 온전히 민중의 몫이었기 때문입니다.

만도와 진수가 서로의 단점을 보완하며 외나무다리를 건너는 모습과 그들 앞에 버티고 선 거대한 용머리재의 모습을 통해 앞으로도 두 사람의 삶은 결코 순탄치 않을 것임을 짐작할 수 있습니다. 그러나 고난의 순간마다 이렇게 서로 협력하며 위기를 극복할 수 있을 것이라는 사실 또한 미루어 짐작할 수 있기에 이 작품은 결코 비극으로만 느껴지지 않습니다.

역사의 소용돌이 속에서 고통받으면서도 끝까지 포기하지 않는 만도와 진수의 모습은 긴 세월 외세의 침입 속에서도 살아남았던 우리 민족의 강인한 정신력과 끈질긴 생명력을 상징하고 있습니다. 앞으로 또 다른 시련이 닥쳐온다 하더라도 만도와 진수처럼 서로 도우며 힘을 낸다면 그 시련 또한 극복해 낼 수 있을 것입니다. 하지만 민족적 수난에 대한 깊이 있는 반성과 해결책 없이 피해자들의 비극적인 상처를 개인의 협력으로 극복할 수 있다고 마무리한 점은 무척 아쉽습니다.

엮어 읽기

문영숙, 『에네껜 아이들』

일본에 의해 멕시코로 팔려 간 조선인들의 이야기를 그린 청소년 소설입니다. 나라를 잃은 죄로 조국을 떠나 타향에서 처참한 생활을 해야 했던 일제 강점기 우리 민족의 현실을 잘 보여 주고 있습니다. 이 소설을 통해 「수난이대」에 그려진 우리 민족의 시련을 좀 더 자세히 살펴볼 수 있습니다.

박씨전

낭군 같은 남자들은 조금도 부럽지 않습니다

우리나라 고전 소설 중에는 전쟁을 배경이나 제재로 하는 군담 소설이 많습니다. 비범한 인물이 시련을 이기고 성장해, 전쟁에 나가 용맹을 떨쳐 나라를 구하고 부구 영화를 누린다는 것이 기본적인 이야기의 흐름을 이룹니다. 군담 소설은 역사 군담 소설과 창작 군담 소설로 나눌 수 있습니다. 역사 군담 소설은 실제로 있었던 전쟁을 소재로 한 것으로, 임진왜란을 배경으로 한 「임진록」, 병자호란을 배경으로 한 「임경업전」, 「박씨전」 등이 있습니다. 창작 군담 소설은 인물이나 사건이 허구인 작품으로 「유충렬전」, 「조웅전」 등이 있습니다.

　조선 시대의 '여성' 하면 어떤 이미지가 떠오르나요? 현모양처, 순종과 인내 등이 떠오르나요? 명칭이 명확하지는 않더라도 자신의 목소리를 내는 여성의 모습보다는 왠지 조용하고 얌전하며 남편을 내조하고 자식을 위해 희생하는 그런 여성이 떠오를 것입니다.

　조선 시대에는 '삼종지도(三從之道)'라는 여성 도덕규범이 있었습니다. '여자는 스스로 생각하고 실천할 수 없다.'라며 평생 동안 가족인 남성을 따르도록 한 것입니다. 이에 따라 여자는 태어나면 아버지가, 결혼하면 남편이, 남편이 죽은 뒤에는 아들이 자신의 '보호자'가 되었습니다.

　그러나 지금부터 읽을 작품에 등장하는 주인공은 당시 사회 속 여성과는 조금 다른 모습을 보입니다. 우리의 주인공은 무슨 일을 벌일지 한 번 살펴볼까요?

 여러분이 알고 있는 여성 영웅에는 누가 있나요?

박씨전
낭군 같은 남자들은 조금도 부럽지 않습니다

● 작자 미상 / 장재화 풀이

🖉 **앞부분 줄거리** 조선 인조 때, 이 상공의 아들 시백은 총명하고 뛰어난 미모와 재주로 사람들의 칭찬이 자자했다. 어느 날 이 상공의 집에 찾아온 박 처사는, 시백이 영웅호걸이 될 재목임을 알아보고 이 상공에게 시백과 자신의 딸을 정혼시키자고 청한다. 이 상공은 박 처사의 비범함에 감탄하여 둘의 혼인을 허락한다. 박씨와 혼인한 시백은 그녀의 흉측한 모습에 고개가 저절로 돌아갈 지경이었다. 그러나 이 상공은 박 처사가 예사롭지 않았던 것처럼 박씨도 많은 재주를 지녔을 거라 생각하고 아들에게 소중히 여기길 당부한다. 상공의 당부에도 시백과 시백의 모친인 모 부인은 박씨를 냉대한다. 박씨는 이 상공에게 청하여 후원에 초당을 짓고 시비 계화와 함께 지낸다. 박씨는 이 상공의 관복을 하룻밤 만에 지어 내는 등 비범한 능력을 보인다. 그리고 볼품없는 망아지를 삼백 냥에 사 와 기른다.

박씨는 초당 이름을 피화당●이라 했다. 계화와 더불어 피화당에서 외로이 지내며 집 뒤뜰 전후좌우로 여러 종류의 나무를 가져다가 심었다. 동쪽에는 푸른 기운을 따라 푸른 흙으로 나무뿌리를 북돋우고, 서쪽에는 흰 기운을 따라 흰 흙으로, 남쪽에는 붉은 기운을 따라 붉은 흙으로 뿌리를 북돋았다. 북쪽에는 검은 기운을 따라 검

● **피화당** 화를 피할 수 있는 집.

은 흙으로 그 뿌리를 북돋우고, 중앙에는 누런 기운을 따라 누런 흙으로 뿌리를 북돋아 오색이 영롱하게 심어 놓고, 때에 맞춰 정성스럽게 물을 주었다.

　나무들은 하루가 다르게 자라나 그 모양이 웅장할 뿐 아니라 신비롭기까지 하였다. 오색구름이 자욱한 가운데 위로 뻗친 나무는 용이 서려 있는 모습이었고, 그 나무에 달린 잎사귀는 범이 호령하는 듯했다. 또한 나뭇가지는 온갖 새와 무수한 뱀들이 변화무쌍하게 서려 있는 듯했으니, 그 신기한 재주는 귀신도 감히 따를 수 없을 정도였다.

　박씨의 근황을 궁금해하던 상공은 계화를 불러 물었다.

　"요즈음은 부인이 무슨 일로 소일•하더냐?"

　"뒤뜰에 온갖 나무를 심으시고 소녀로 하여금 기르게 하고 있습니다."

　상공이 계화를 따라 들어가 주위를 둘러보니, 온갖 나무가 사면에 무성하게 자라 있었다. 나무는 용과 범이 변하여 바람과 비를 부르는 듯하고, 가지는 무수한 새와 뱀이 서로 꼬리를 맞대고 있는 듯했다. 그 모습은 너무도 엄숙하여 똑바로 쳐다보기가 어려울 정도였다.

　"이 사람이 곧 신선이구나. 나로서는 감히 그 재주를 헤아릴 수 없을 것이다."

　거듭 탄복을 하며 박씨를 불러 물었다.

　"저 나무는 무슨 일로 심었느냐?"

　박씨가 공손하게 대답했다.

　"길흉화복은 인간의 삶과 늘 함께하는 것이옵니다. 뒷날 무슨 일

• **소일** 어떠한 것에 재미를 붙여 심심하지 아니하게 세월을 보냄.

이 생겼을 때 저 나무로 미리 막아 보고자 심었습니다."

"그렇다면 혹시 이 집 이름을 피화당이라 한 것도 그와 관련이 있는 것이냐?"

"그러하옵니다."

상공이 그 까닭을 자세히 알고 싶어 다시 물어보았지만 박씨는 말을 아꼈다.

"하늘의 뜻이기에 차마 누설치 못하겠습니다. 후에 자연히 아시게 될 것입니다. 더 묻지 마시옵소서."

"너는 참으로 나 같은 사람의 며느리가 되기에는 아까운 사람이구나. 내 운수가 사나워서 그런지, 아니면 내 자식이 어리석어서인지 부부간에 즐거움을 알지 못하고 헛되이 세월만 보내는 것이 안타깝다. 내 나이 이제 예순이라, 내가 곧 죽으면 너같이 어진 사람이 집안사람들의 냉대를 어찌 견딜지, 다만 그것이 걱정이다."

상공이 길게 탄식하며 말했지만 박씨는 오히려 상공을 위로했다.

"소부●의 생김새가 추하여 부부간에 즐거움을 모르는 것이니 이는 다 소부의 탓이옵니다. 누구를 원망하겠습니까? 다만 제가 원하는 것은 가군●이 과거에 급제하여 부모님이 영화를 누리실 수 있게 하고, 나라를 충성으로 도와 그 이름을 널리 알리는 것이옵니다. 그런 후 다른 가문에서 아내를 얻어 자식을 낳고 탈 없이 오래 산다면 저는 죽어도 여한이 없을 것입니다."

상공이 며느리의 넉넉한 말을 들으니 한편으로 가슴이 시원해지

● **소부** 결혼한 여자가 자신을 낮추어 이르는 말.
● **가군** 남에게 자기 남편을 이르는 말.

는 것을 느꼈지만, 다른 한편으로는 며느리가 너무도 불쌍했다. 대답을 못 한 채 길게 눈물만 흘리자 박씨가 다시 말을 이었다.

"아버님, 부디 귀하고 귀하신 옥체를 보존하시옵소서. 설마 아무 때라도 화목하게 지낼 날이 없겠습니까? 너무 걱정하지 마시고 마음 편하게 지내십시오. 만일 아버님께서 지나치게 걱정을 하시면 가군의 허물이 다 드러나게 될 것이고, 그렇게 되면 사람들은 가군을 불효자라 할 것이옵니다. 이는 모두가 소부의 허물 때문에 그렇게 된 것이니, 그 원망을 제가 들을까 두렵습니다."

상공은 며느리의 마음 씀씀이에 다시 한 번 탄복하며 박씨의 극진한 효심을 크게 칭찬하였다.

박씨가 망아지를 기른 지 삼 년이 지났다. 비루먹어• 볼품없던 망아지는 어느덧 훌륭한 말이 되었다. 그 모습은 용의 몸에 호랑이의 머리 같았으며 걸음은 가을 하늘의 구름과도 같았다.

한참 동안 말을 쳐다보던 박씨가 계화에게 상공을 모셔 오라고 했다.

"아무 달 아무 날에 중국에서 사신이 나올 것입니다. 이 말을 가져다 사신이 나오는 길에 매어 두면 사고자 할 것이니, 삼만 냥에 팔아 오게 하십시오."

박씨의 말에 상공은 반신반의하면서도 중국에서 사신이 나오기를 기다렸다. 박씨가 말한 그날이 되니 과연 사신이 온다는 소문이 들렸다. 즉시 하인들에게 말을 끌고 나가 사신 오는 길가에 매어 두게 하였다. 사신이 그 말을 보고 크게 혹하여 물었다.

• **비루먹어** 개, 말, 나귀 따위의 피부가 헐어서 털이 빠지고, 이런 현상이 차차 온몸에 번지는 병에 걸려.

"이 말을 팔 것인가?"

"팔고자 하나 임자가 없어 못 팔고 있습니다."

"값은 얼마나 받으려 하느냐?"

"삼만 냥이옵니다."

사신이 크게 기뻐하며 삼만 냥의 돈을 아끼지 않고 사 갔다. 하인들은 곧장 돌아와 말 판 이야기를 상공에게 하였다. 상공이 박씨에게 물었다.

"네 말대로 삼만 냥이나 되는 많은 돈을 받았다 하더구나. 알지 못하겠다. 이것이 대체 어찌 된 일이냐?"

"그 말은 천 리를 달리는 말입니다. 하지만 우리나라는 작은 나라라 알아볼 사람이 없을뿐더러 쓸 곳도 없습니다. 중국은 땅이 넓고 오래지 않아 쓸 곳이 있을 것이기 때문에 그 사신은 삼만 냥을 아끼지 않고 사 간 것입니다."

"네가 비록 여자이지만 만 리 밖의 일을 볼 줄 아는 지혜를 가졌구나. 만일 남자로 태어났더라면 나라를 위허 큰일을 하는 사람이 되었을 것이다. 여자로 태어난 것이 참으로 가깝구나."

상공은 박씨를 크게 칭찬하면서도 박씨가 여자인 것을 못내 아쉬워했다.

시절이 태평하고 농사는 풍년이 들어 백성들의 삶이 더욱 편안해졌다. 이때 나라에서는 인재를 구하고자 과거를 열었는데, 시백 역시 이 과거를 치르기로 했다.

시백이 과거를 보기로 한 날 밤, 박씨는 꿈 하나를 꾸었다. 뒤뜰 연못 가운데 꽃이 활짝 피어 있는데, 그 꽃 위로는 벌과 나비가 날아

오르고 꽃 아래에는 백옥으로 만든 연적이 놓여 있었다. 그런데 갑자기 그 연적이 청룡으로 변하더니 푸른 바다 위를 노닐다가 여의주를 얻어 구름을 타고 백옥경•으로 올라갔다. 놀란 박씨가 잠에서 깨어나니 한바탕 꿈이었다.

잠에서 깨어난 박씨는 더 이상 잠을 이루지 못하고 이런저런 생각에 잠겨 있었다. 어느덧 동방이 밝아 오는 것을 보고 박씨는 급히 밖으로 나왔다. 연못에 다가가니 과연 꽃 아래에 연적이 놓여 있는데, 꿈속에서 본 바로 그 연적이었다. 반가운 마음에 연적을 방에 갖다 놓고 계화를 불렀다.

"급히 가서 서방님을 모셔 오너라."

이 말을 들은 시백은 정색을 하며 꾸짖었다.

"무슨 일이 있기에 감히 장부의 과거 길을 지체케 한단 말이냐?"

추상같이• 고함을 지르니 계화가 무안한 마음으로 돌아와 박씨에게 그 말을 전했다.

"잠깐만 들어오시면 좋은 일이 있을 것이니, 한 번의 수고를 아끼지 마시라 전해라."

시백은 이 말을 듣고 더 크게 화를 냈다.

"요망한 계집이 장부의 과거 길을 말리다니, 이런 당돌한 일이 어디 있겠는가?"

얼굴을 붉으락푸르락하더니 계화를 잡아서 매 삼십 대를 때려 물리쳤다. 계화가 돌아와 매 맞은 이야기를 하자 박씨가 하늘을 우러

• **백옥경** 하늘 위에 옥황상제가 산다고 하는 가상적인 서울.
• **추상같이** 호령 따위가 위엄이 있고 서슬이 푸르게.

르며 눈물을 흘렸다.

"슬프다. 나로 인해 죄 없는 네가 매를 맞았구나. 이렇게 안타까운 일이 어디 있단 말이냐?"

슬프게 탄식한 뒤 계화에게 연적을 주며 시백에게 말을 전했다.

"이 연적의 물로 먹을 갈아 글을 지어 바치면 장원 급제할 것입니다. 크게 출세하여 이름을 떨치거든 부모님께 영화를 보이고 가문을 빛내십시오. 그런 후 나같이 복 없는 사람은 생각지 말고, 이름난 집안의 아름다운 여자를 얻어 함께 평생 사십시오."

계화에게 이 말을 들은 시백이 연적을 들어 찬찬히 살펴보니 천하에 둘도 없는 보배였다. 시백은 마음속으로 깨닫는 바가 있어, 지난 일을 뉘우치며 매 맞은 계화를 위로하고 박씨에게 말을 전했다.

"이미 지난 일은 어쩔 수 없으니 부인의 넓은 아량으로 다 풀어 버리시오. 태평한 시절을 만나 평생 함께하기를 바랍니다."

시백은 연적을 품에 안고 과거장에 들어가 글제가 내리기를 기다렸다. 잠시 후 '강구에 문동요●'라는 글제가 내렸다. 시백이 박씨가 준 연적의 물을 부어 먹을 갈아 황모무심필●을 반쯤 흠뻑 적신 후 한달음에 써 내려가니 가히 고칠 것이 없었다. 제일 먼저 글을 바치고 방이 내리기를 기다렸다. 잠시 후 방이 걸렸는데, '한성부에 사는 이득춘의 아들 시백'이라 써 있었다. 장원 급지였다.

이윽고 춘당대● 높은 곳에서 새로 장원 급제한 사람을 부르는 소

● **강구문동요** '번화한 거리에서 아이들의 노래를 듣다.'라는 뜻으로, 태평한 시절을 말한다.
● **황모무심필** 황모는 족제비의 꼬리털을 말하며, 무심필은 다른 털로 속을 박지 않은 붓을 말한다. 흔히 좋은 붓을 일컬을 때 쓰는 말이다.
● **춘당대** 창경궁에 있는 누대로, 옛날에 과거를 보던 곳.

리가 장안을 진동했다. 시백이 대궐로 들어가 임금께 인사를 올리니, 임금이 좌우를 물리친 뒤 시백을 가까이 불렀다. 시백을 한참 동안 살피던 임금이 크게 칭찬하며 당부했다.

"부디 훌륭한 신하가 되어 나라를 위해 충성을 다하라."

시백은 감사의 절을 드리고 물러나 집으로 향했다. 어사화˙를 꽂고 금과 옥으로 된 띠를 두르고 말 위에 앉은 시백의 모습은 너무나 찬란하고 당당했다. 시백 일행은 청색 홍색의 깃발을 앞세우고 삼현 육각˙을 울리며 장안 큰길로 나섰다.

때는 바야흐로 춘삼월 호시절, 만물은 흐드러지게 피어나 빼어난 경치를 자랑하고 있었다. 소년 급제한 시백의 옥 같은 얼굴은 아름다운 봄 경치와 어우러져 하늘나라의 신선과 같았다. 장안의 백성들이 앞다투어 구경하며 칭찬하는 말이 거리거리에 넘쳐흘렀다.

집에 돌아와서는 다시 풍악을 갖추고 잔치를 크게 베풀었다. 잔치에 참석한 여러 재상이 너도나도 상공에게 축하 인사를 드렸고, 상공도 술잔을 돌리며 마음껏 즐거움을 누렸다. 이윽고 날이 저물어 파연곡˙ 소리가 울려 퍼지고 손님들은 모두 집으로 돌아갔다.

상공이 시백과 함께 내당으로 들어가 촛불을 밝히고 낮을 이어 즐기려 했지만, 얼굴에 나타난 서운한 빛을 감출 수는 없었다. 얼굴 못난 며느리가 손님 보기를 부끄러워하여 피화당에서 나오지 않았기 때문이었다. 상공이 서운해하는 모습을 본 부인이 물었다.

"오늘 이 경사는 평생에 두 번 보지 못할 경사입니다. 이런 날, 대

˙ **어사화** 조선 시대에, 문무과에 급제한 사람에게 임금이 하사하던 종이꽃.
˙ **삼현 육각** 삼현(거문고, 가야금, 향비파)과 육각(북, 장구, 해금, 피리, 태평소 둘)의 갖가지 악기.
˙ **파연곡** 잔치를 끝낼 때에 부르는 노래나 연주하는 음악.

감의 낯빛이 좋지 않은 것은 무슨 까닭입니까? 추악한 박씨가 이 자리에 없어서 그런 것입니까? 참으로 우습습니다."

상공은 즉시 얼굴빛을 고치고 엄숙하게 말했다.

"부인의 소견이 아무리 얕고 짧다고 한들, 어찌 그렇게 가벼운 말을 하는 것이오? 며느리의 신통한 재주는 옛날 제갈공명의 부인 황씨를 누를 것이고, 뛰어난 덕행은 주나라의 임사*에 비할 것이오. 우리 가문에 과분한 며느리이거늘, 부인은 다만 생김새만 보고 속에 품은 재주는 생각하지 않으시니 그저 답답할 따름이오."

박씨 곁에는 계화만이 남아 잔치에도 참석하지 못하고 적막한 초당에 앉아 있는 박씨를 위로했다.

"그간 서방님은 한 번도 부인께 정을 주지 않으셨고, 대부인의 박대마저 심해 이렇게 밤낮으로 홀로 지내고 계십니다. 집안의 대소사에 참여하지 못할 뿐 아니라 오늘같이 기쁜 날에도 독수공방만 하고 계시니, 곁에서 지켜보는 소인조차도 슬픔을 이길 수 없을 듯합니다."

"사람의 길흉화복은 하늘에 달린 것이라 인력으로는 어찌할 수 없다. 그러기에 탕왕은 하걸*에게 갇힘을 당하고 문왕도 유리옥*에 갇혔으며, 공자 같은 성인도 진채*에게 욕을 보신 것이 아니겠느냐? 하물며 아녀자가 되어 어찌 남편의 사랑만 기다리고 있겠느냐? 그저 분수를 지키며 하늘의 뜻을 기다리는 것이 옳을 터이니,

---

• **임사** 중국 주나라 문왕의 어머니인 태임과 무왕의 어머니인 태사.
• **하걸** 중국 하나라의 마지막 왕으로, 폭군으로 일컬어짐.
• **유리옥** 중국 은나라 때의 감옥으로, 은나라의 주왕이 주나라의 문왕을 가두었던 곳이다.
• **진채** 중국 춘추 시대의 진나라와 채나라. 공자는 진나라와 채나라의 국경에서 포위를 당한 채 7일 동안 고초를 겪었다.

다시는 그런 말을 하지 마라. 혹 바깥 사람들이 들으면 나의 행실을 천하다 할 것이다."

박씨가 오히려 담담하게 말하니, 계화는 부인의 너그럽고 어진 마음에 탄복했다.

어느 날, 박씨가 상공에게 말했다.

"제가 출가한 이후 오래도록 친가 소식을 알지 못하고 있습니다. 오랜만에 부친을 찾아뵙고자 하오니, 잠깐 다녀올 수 있도록 허락해 주시기 바랍니다."

"이곳에서 금강산까지는 수백 리 험한 길이라 남자들도 자주 출입하기 어렵다. 하물며 규중 여자의 몸으로 어찌 가겠느냐?"

"험한 길 다니기가 어려운 줄 알지만, 부득이 가 볼 일이 있습니다. 염려 마시고 허락해 주십시오."

"네 뜻이 그렇다면 말리지는 못하겠구나. 내일 채비를 해 줄 테니 부디 무사히 다녀오너라."

"채비는 차릴 것 없습니다. 저 혼자 며칠 내로 다녀올 것이오니 번거로운 말씀 마십시오."

상공이 며느리의 재주를 알고 허락은 했지만, 속으로는 걱정이 되어 잠자리가 편안하지 않았다.

다음 날, 날이 밝자마자 박씨는 집을 나섰다. 피화당 뜰에 나와 두어 걸음을 걷는가 싶더니 어느새 몸을 날려 구름을 타고 자취를 감추었다. 잠깐 만에 금강산에 다다라 부친께 절을 하고 문안을 드리니, 처사가 박씨의 손을 잡고 반겼다.

"너를 시가에 보낸 후 너의 기박한 운명을 생각하며 눈물 흘리지 않은 날이 없었다. 하지만 이는 하늘에 대인 바요, 사람의 힘으로 어찌하지 못하는 것이다. 이제 너의 액운은 다했다. 앞으로는 네 앞날에 행복만이 무한할 것이니, 너무 슬퍼하지 말고 잠깐만 쉬다 가거라. 내 이달 십오 일에 너의 시댁으로 갈 것이니라."

박씨는 금강산에서 며칠을 머문 뒤 다시 구름을 타고 잠깐 만에 피화당으로 돌아왔다. 그 길로 상공을 뵙고 문안 인사를 드리니, 상공은 놀라움과 기쁨을 감추지 못했다.

"너의 신기한 술법은 귀신도 측량하지 못하겠구나. 네 아버님은 편히 계시더냐?"

"아직은 한결같으십니다. 아버님께서 이달 십오 일에 이곳으로 오신다고 합니다."

이 말을 들은 상공은 처사가 오기만을 손꼽아 기다렸다.

처사가 오기로 한 날이 되었다. 상공은 집 안을 정결하게 하고 옷을 단정하게 입은 뒤 홀로 바깥채에 앉아 박 처사를 기다렸다. 오래지 않아 오색구름이 영롱해지며 맑은 옥피리 소리가 구름 밖에서 들려왔다. 상공이 창에 기대어 멀리 바라보니, 한 신선이 백학을 타고 오색구름 사이로 내려왔다. 자세히 보니 그가 바로 박 처사였다.

상공이 옷깃을 여미고 뜰아래 내려가 처사를 맞았다. 시백 역시 의관을 갖추고 처사에게 문안을 드렸다. 처사가 시백의 손을 잡고 상공에게 축하 인사를 건넸다.

"영랑*이 뛰어난 재주로 과거에 급제했으니 이 같은 경사는 다시 없을 줄 압니다. 그간 제가 시골에 있는 관계로 아직 축하 인사를

---

* **영랑** 다른 사람의 아들을 높여 부르는 말.

드리지 못했습니다."

상공이 술과 안주를 내어 대접하며 처사와 함께 그간 만나지 못한 회포를 풀었다. 술이 반쯤 줄어들고 분위기가 무르익어 갈 무렵, 상공이 어두운 낯빛으로 처사에게 말하였다.

"귀한 손님을 뵈니 반가운 마음은 예사롭고 죄송한 마음은 산과 바다와 같습니다."

"무슨 말씀이신지요?"

"내 자식이 어리석다 보니 어진 아내를 푸대접하여 부부간 즐거움을 알지 못하고 있습니다. 제가 늘 타이르곤 하지만 자식이 끝내 아비의 말을 듣지 않더군요. 처사 대하기가 민망할 따름입니다."

처사가 급히 손사래를 쳤다.

"상공께서는 제 못난 딸을 더럽다 않으시고 지금까지 슬하에 두셨습니다. 그 넓으신 덕에 감사할 따름이온데 이렇게 말씀하시니 오히려 송구합니다."

"예사롭지 않은 며늘애가 늘 외롭고 힘들게 지내기에 드리는 말씀입니다."

"사람의 팔자와 길흉화복은 다 하늘에 달린 것입니다. 어찌 그리 지나친 걱정을 하십니까?"

처사가 담담하게 말하니 상공도 미안한 마음을 조금 덜 수 있었다. 이후 상공은 처사와 더불어 날마다 바둑을 두기도 하고 또 피리도 불면서 즐겁게 지냈다.

하루는 처사가 후원으로 들어가 딸을 불러 앉혔다.

"너의 액운이 다 끝났으니 누추한 허물을 벗어라."

처사는 허물을 벗고 변화하는 술법을 딸에게 가르친 뒤 말했다.

"허물을 벗거든 버리지 말고 시아버지에게 옥으로 된 함을 짜 달라고 해서 그 속에 넣어 두어라."

그러고는 딸과 함께 정담을 나누다가 밖으로 나와 상공에게 작별 인사를 드렸다. 상공이 못내 섭섭해하며 만류했지만 처사는 듣지 않았다. 할 수 없이 한잔 술로 작별을 고하고 문밖으로 나가 전송했다.

"지금 헤어지면 다시 만나기 어려울 것입니다. 늘 건강하시고 복을 누리시기 바랍니다."

상공이 깜짝 놀라며 물었다.

"그것이 무슨 말씀이십니까?"

"이제 상공과 이별하고 산에 들어가면 다시 속세로 나오지 못할 듯하여 드리는 말씀입니다."

상공이 슬프게 작별 인사를 하니, 처사는 학을 타고 공중에 올라가 오색구름을 헤치며 나아갔다. 잠시 후 구름이 걷혔는데 처사가 간 곳은 보이지 않았다.

그날 밤, 박씨는 몸을 깨끗이 씻은 뒤 둔갑술을 부려 허물을 벗었다.

날이 밝은 후, 박씨는 계화를 불렀다. 계화가 들어가 보니 전에 없던 절세가인*이 방 안에 앉아 있었다. 여인의 얼굴은 아름답기 그지없었으며, 그 태도는 너무도 기이했다. 월궁항아*나 무산 선녀*라도 따르지 못할 듯했고, 서시와 양 귀비도 미치지 못할 정도였다.

• **절세가인** 세상에 견줄 만한 사람이 없을 정도로 뛰어나게 아름다운 여인.
• **월궁항아** 전설에서, 달에 있는 궁에 산다는 선녀.
• **무산 선녀** 중국의 전설에 나오는, 얼굴이 몹시 아름답다는 선녀.

✎ 중간 부분 줄거리 박씨가 절세가인이 되자 이시백은 그동안 박씨를 박대했던 것을 뉘우치고, 부부간의 정은 날로 깊어진다. 한편 조선을 호시탐탐 노리던 호국은 박씨의 능력을 알고 자객 기홍대를 보내 박씨를 제거하려 한다. 박씨는 모든 간계를 미리 파악하고 기홍대를 엄하게 꾸짖고, 조선을 넘보지 말 것을 호국의 왕에게 전하라 한 뒤 풀어 준다. 기홍대는 박씨의 말을 호국의 왕에게 전하지만 왕비는 조선의 간신을 이용하여 호국의 침략에 조선이 방비하지 못하게 계략을 쓴다. 조선으로 출병하는 한유와 용골대에게 임경업이 없는 동쪽으로 침략할 것과 피화당에 들어가지 말 것을 당부한다. 박씨는 호국이 쳐들어올 것을 알고 이를 대비하도록 조정에 알렸으나 받아들여지지 않고, 결국 병자호란을 맞는다. 조선은 임경업을 피해 동쪽으로 쳐들어온 용골대, 용울대 형제에게 속수무책으로 당하고 임금은 남한산성으로 피신한다. 용울대는 피화당에 뛰어들었다 박씨 부인의 몸종 계화에게 목이 베인다.

이때 임금이 있는 남한산성에는 오랑캐들이 물밀듯 밀려와 공격을 퍼부었다. 창칼 부딪치는 소리가 산성을 뒤흔들었다. 임금과 모든 신하가 산성에 갇혀 꼼짝 못할 지경에 이르자 이조 판서 최명길이 임금에게 말했다.

"아뢰옵기 황송하오나, 항복을 하는 것이 좋을 듯하옵니다."

사태가 어려워졌음을 깨달은 임금은 피가 끓는 듯한 아픔으로 항복의 글을 써 오랑캐에게 전했다. 오랑캐들은 바로 산성으로 들어와 왕비와 세자, 그리고 대군을 사로잡아 장안으로 돌아갔다. 그 모습을 본 임금이 통곡을 하다가 기절하니, 여러 신하가 하늘을 우러러 탄식하며 위로했다.

"전하, 망극하옵니다. 옥체를 보존하시옵소서."

나라가 이렇게 된 것은 하늘의 운수 때문이겠지만, 만고역적● 김자점이 적을 도와 나라를 망하게 한 것이었다. 이러하니 모든 신하와 성안 백성이 김자점의 살을 씹어 먹으려 했다.

용골대는 항서•를 받아 한양 성내로 들어갔다. 그때 장안을 지키던 군사가 급히 보고를 했다.

"용 장군이 여자의 손에 죽었습니다."

이 말을 들은 용골대는 대성통곡을 했다.

"내 이미 조선 왕의 항복을 받았거늘, 누가 감히 내 아우를 해쳤단 말인가? 이 땅은 이제 내 손안에 있으니 원수를 갚기는 어렵지 않을 것이다. 어서 그 집으로 가자."

서릿발같이 군사를 재촉하여 우의정의 집에 이르니, 후원 나무 위에 용울대의 머리가 걸려 있었다. 이를 본 용골대는 더욱 분노하여 칼을 들고 말을 몰아 집 안으로 들어가려 했다. 그때 도원수 한유가 피화당에 심어 놓은 무수한 나무를 보고 깜짝 놀라 황급히 용골대의 앞을 가로막았다.

"장군, 잠시 분을 누르고 내 말을 들으시오. 초당의 사면에 심어진 나무를 보니 범상치 않은 기운이 느껴지는구려. 옛날 제갈공명의 팔문금사진•과 사마양저의 오행금사진•을 겸하였으니, 함부로 들어갔다가는 큰 화를 당할 것 같소. 장군의 동생은 위험한 곳을 모르고 남을 경멸하다가 목숨을 재촉한 것인데 누구를 원망하겠소? 장군도 옛날 육손•이 어복포에서 제갈공명의 팔진도에 갇혀 고

• **만고역적** 세상에 비길 데 없이 괘씸한 역적.
• **항서** 항복을 인정하는 문서.
• **팔문금사진** 제갈공명이 여덟 개의 문을 이용해 만들었다는 진.
• **오행금사진** 중국 춘추 시대 제나라의 장군 사마양저가 만물을 생성하고 변화시키는 다섯 가지 원소인 오행을 이용해 만들었다는 진.
• **육손** 중국 오나라의 장수. 제갈공명의 팔진도에 갇혔다가 겨우 살아 나옴.

생하던 일을 모르지 않을 것이오. 험한 곳이니 들어가지 마시오."
용골대는 끓어오르는 분을 참지 못해 칼로 땅을 두드리며 탄식했다.
"그러면 용울대의 원수를 어떻게 갚을 수 있단 말입니까? 만리타국에 우리 형제 같이 나와서 비록 대사를 이루었다 하지만, 동생을 죽인 원수를 갚지 못하면 결코 돌아갈 수 없습니다."
"그대가 잠시의 분을 참지 못한 채 힘만 믿고 저런 험한 곳에 들어간다면, 원수를 갚기는 고사하고 목숨조차 보전하지 못할 것이오. 잠깐 진정하고 그 신기한 재주를 살펴보도록 하시오."
용골대가 다시 투덜거렸다.
"도대체 신기한 재주라는 것이 무엇입니까? 다 소용없습니다. 한 나라의 대장으로 멀리 조선에 나와 이제 임금의 항복까지 받았는데, 무엇을 두려워하고 무엇을 겁내겠습니까?"
한유가 가소롭다는 듯이 용골대를 돌아보았다.
"비록 억만 대병을 몰아 들어간다 해도 그 안은 감히 엿보지 못하고 군사는 하나도 살아 돌아올 수 없을 것이오. 하물며 저 험한 곳에 홀로 들어가고자 하니 그렇게 하고 어찌 살기를 바라겠소? 이는 스스로 화를 부르는 일이오. 그토록 식견이 부족한데 어찌 한 나라의 대장 노릇을 하겠소이까?"
머쓱해진 용골대가 감히 피화당에 들어가지 못하고 군사들만 다그쳤다.
"나무를 둘러싸고 불을 놓아라."
용골대의 명령에 군사들은 불을 놓기 위해 집을 에워쌌다. 그러자 갑자기 오색구름이 자욱한 가운데 나무들이 무수한 군사로 변하더니 북소리, 고함 소리가 천지를 진동시켰다. 수많은 용과 호랑이는 서로 머리를 맞대고 바람과 구름을 크게 일으키며 오랑캐 군사들을 겹겹이 에워쌌다. 천지가 아득한 가운데 나뭇가지와 잎은 깃발과 창칼로 변했다. 하늘에서는 신장*들이 긴 창과 큰 칼을 들고 내려와 적군을 몰아쳤다. 사면에 울음소리가 낭자하여 산천이 무너지는 듯했다. 오랑캐 군사들은 신장의 호령 소리에 넋을 잃고 허둥거리다 밟혀 죽는 자가 그 수를 알 수 없을 정도였다.

당황한 용골대는 급히 군사를 뒤로 물렸다. 그제야 하늘이 맑아지며 살벌한 소리가 그치고 신장들이 사라졌다. 오랑캐 장수와 군사들이 정신을 수습하여 다시 칼을 들고 쳐들어가려 했다. 그러자 이번에는 맑은 날이 순식간에 다시 어두워지며 구름과 안개가 자욱하여 지척을 분간하지 못할 지경이 되었다. 상황이 이쯤 되자 용골대 역시 감히 집 안으로 들어가지는 못하고 용울대의 머리만 쳐다보며 탄식할 뿐이었다. 이때 나무 사이로 한 여자가 나타났다.

"어리석은 용골대야! 네 동생 용울대가 내 칼에 놀란 혼이 되었는데, 너까지 내 칼에 죽고 싶어 이렇게 찾아왔느냐?"

용골대는 이 말을 듣고 분을 참을 수 없었다.

"대체 어떤 계집이 감히 장부를 희롱하느냐? 불행하게도 내 동생이 네 손에 죽었지만, 나는 이미 조선 임금의 항서를 받은 몸이다. 이제 너희들도 우리나라 백성인데, 어찌 우리를 해치려 하느냐? 나라가 무엇인지도 모르는 여자로구나. 살려 두어도 쓸데가 없으니 나와서 내 칼을 받아라."

계화가 들은 척도 하지 않고 계속해서 용울대의 머리만 가리키면

● **신장** 귀신 가운데 무력을 맡은 장수신. 사방의 잡귀나 악신을 몰아낸다.

박씨전 · 작자 미상

서 조롱을 하였다.

"나는 충렬 부인의 시비 계화다. 너야말로 참으로 가련한 사내로구나. 네 동생 용울대도 내 손에 죽었는데, 너 역시 나같이 연약한 여자 하나 당하지 못해 그렇듯 분통해하느냐? 참으로 가련한 놈이로다."

용골대는 끓어오르는 화를 참지 못하고, 쇠로 만든 활에 왜전*을 먹여 쏘았다. 하지만 계화를 맞히기는커녕 예닐곱 걸음 앞에 가 떨어져 버렸다. 화가 머리끝까지 치밀어 오른 용골대가 다시 군사를 몰아쳤다.

"모든 군사는 한꺼번에 화살을 쏘아라."

명령을 들은 군사들이 앞다투어 화살을 쏘았지만 역시 하나도 맞히지 못했다. 화살만 허비한 채 가슴이 막혀 어찌할 바를 모르고 있던 용골대는 황급히 김자점을 불렀다.

"너희들도 이제 우리나라의 백성이다. 얼른 도성의 군사들을 뽑아서 저 팔문금사진을 깨뜨리고 박씨와 계화를 잡아들여라. 만일 거역한다면 군법에 따라 처벌할 것이다."

서릿발 같은 명령을 내리자 김자점이 겁먹은 소리로 대답했다.

"어찌 장군의 명령을 거역하겠습니까?"

김자점은 급히 군사를 모아 대포 한 방을 쏜 뒤 팔문금사진을 에워쌌다. 그런데 갑자기 그 진이 변하여 백여 길이나 되는 늪이 되었다. 갑작스런 일에 당황하던 용골대가 꾀를 내어, 군사들에게 팔문진 사면에 못을 파게 한 뒤 화약과 염초를 묻게 했다.

* **왜전** 길이가 짧은 화살.

"너희가 아무리 천 가지로 변화하는 술수를 가졌다고 한들 오늘에야 어찌 살기를 바랄까? 목숨이 아깝거든 바로 나와 몸을 던져라."

피화당을 향해 무수히 욕을 했지만 고요한 적막만 흐를 뿐 집 안에서는 아무 소리도 들리지 않았다. 용골대가 군사들에게 명령하여 일시에 불을 지르니, 화약 터지는 소리가 산천을 무너뜨릴 것 같았다. 사면에서 불이 일어나 불빛이 하늘을 가득 메웠다.

이때, 박씨 부인이 옥으로 된 발을 걷고 나와 손에 옥화선을 쥐고 불을 향해 부쳤다. 그러자 갑자기 큰바람이 불면서 불기운이 오히려 오랑캐 진영을 덮쳤다. 오랑캐 장졸들이 불꽃 한가운데에서 천지를 분별하지 못한 채 넋을 잃고 허둥거리다가 무수히 짓밟혀 죽었다. 순식간에 피화당 근처는 아수라장이 되었다.

용골대는 크게 놀라 급히 물러났다.

"한 번의 싸움에 이겨서 항복을 받았으니 이미 큰 공을 세웠거늘, 부질없이 조그마한 계집을 시험하다가 장졸들만 다 죽이게 되었구나. 이런 절통하고• 분한 일이 어디 있단 말인가?"

통곡을 하며 몸부림쳤지만 더 이상 어찌할 도리가 없었다.

"우리 임금이 장졸을 전장에 보내시고 칠 년 가뭄에 비 기다리듯 기다리실 텐데, 무슨 면목으로 임금을 뵙는단 말인가? 우리 재주로는 도저히 감당을 못할 듯하니 이제라도 그냥 돌아가는 것이 좋겠구나."

모든 장수와 군사가 용골대의 말에 살길을 찾은 듯 안도의 한숨을 내쉬었다.

• **절통하고** 뼈에 사무치도록 원통하고.

용골대가 모든 장졸을 뒤로 물린 후, 왕비와 세자, 대군을 모시고 장안의 재물과 미녀를 거두어 돌아갈 채비를 꾸렸다. 오랑캐에게 잡혀가는 사람들의 슬픈 울음소리가 장안을 진동시켰다.

박씨가 계화를 시켜 용골대에게 소리쳤다.

"무지한 오랑캐 놈들아! 내 말을 들어라. 조선의 운수가 사나워 은혜도 모르는 너희에게 패배를 당했지만, 왕비는 데려가지 못할 것이다. 만일 그런 뜻을 둔다면 내 너희를 몰살시킬 것이니 당장 왕비를 모셔 오너라."

하지만 용골대는 오히려 코웃음을 날렸다.

"참으로 가소롭구나. 우리는 이미 조선 왕의 항서를 받았다. 데려

가고 안 데려가고는 우리 뜻에 달린 일이니, 그런 말은 입 밖에 내지도 마라."

오히려 욕설만 무수히 퍼붓고 듣지 않자 계화가 다시 소리쳤다.

"너희의 뜻이 진실로 그러하다면 이제 내 자주를 한 번 더 보여 주겠다."

계화가 주문을 외자 문득 공중에서 두 줄기 두지개가 일어나며 모진 비가 천지를 뒤덮을 듯 쏟아졌다. 뒤이어 얼음이 얼고 그 위로는 흰 눈이 날리니, 오랑캐 군사들의 말발굽이 땅에 붙어 한 걸음도 옮기지 못하게 되었다. 그제야 용골대는 사태가 예사롭지 않음을 깨달았다.

"당초 우리 왕비께서 분부하시기를 장안에 신인*이 있을 것이니 이시백의 후원을 범치 말라 하셨는데, 과연 그것이 틀린 말이 아니었구나. 지금이라도 부인에게 빌어 무사히 돌아가는 편이 낫겠다."
용골대가 갑옷을 벗고 창칼을 버린 뒤 무릎을 꿇고 애걸했다.
"소장이 천하를 두루 다니다 조선까지 나왔지만, 지금까지 무릎을 꿇은 적은 한 번도 없었습니다. 이제 부인 앞에 무릎을 꿇어 비나이다. 부인의 명대로 왕비는 모셔 가지 않을 것이니, 부디 길을 열어 무사히 돌아가게 해 주십시오."
무수히 애원하자 그제야 박씨가 발을 걷고 나왔다.
"원래는 너희들의 씨도 남기지 않고 모두 죽이려 했었다. 하지만 내 사람 목숨 죽이는 것을 좋아하지 않기에 용서하는 것이니, 네 말대로 왕비는 모셔 가지 말아라. 너희들이 부득이 세자와 대군을 모셔 간다면 그 또한 하늘의 뜻이기에 거역하지 못하겠구나. 부디 조심하여 모셔 가라. 그렇게 하지 않으면 신장과 갑옷 입은 군사를 몰아 너희들을 다 죽인 뒤, 너희 국왕을 사로잡아 분함을 풀고 무죄한 백성까지 남기지 않을 것이다. 나는 앉아 있어도 모든 일을 알 수 있다. 부디 내 말을 명심하여라."
오랑캐 병사들은 황급히 머리를 조아리고 용골대는 다시 애원을 했다.
"말씀드리기 황송하오나 소장 아우의 머리를 내주시면, 부인의 태산 같은 은혜를 잊지 않을 것이옵니다."
하지만 박씨는 고개를 저었다.

• 신인 신과 같이 신령하고 숭고한 사람.

"들거라. 옛날 조양자*는 옻칠한 지백*의 머리로 술잔을 만들어 진양성에서 패한 원수를 갚았다 하더구나. 우리도 용울대의 머리로 술잔을 만들어 남한산성에서 패한 분을 조금이라도 풀 것이다. 아무리 애걸을 해도 그렇게는 하지 못하겠다."

이 말을 들은 용골대는 그저 용울대의 머리를 보고 통곡할 수밖에 없었다.

✎ **뒷부분 줄거리** 박씨는 용골대에게 임경업 장군을 빌고 가라고 명령하고, 포로와 군사를 이끌고 가던 용골대는 의주에서 임경업에게 대패한다. 조정으로 돌아온 임금은 박씨의 말을 듣지 않은 것을 후회하고, 박씨의 공을 칭찬하며 박씨에게 정렬부인의 칭호를 내린다. 이후 박씨와 이시백은 행복한 여생을 보낸다.

- **조양자** 중국 춘추 전국 시대 조나라의 제후.
- **지백** 중국 춘추 전국 시대 진나라의 대부.

 활동하기

❶ 박씨가 허물을 벗기 전과 벗은 후 인물들이 박씨를 대하는 태도나 생각의 변화를 다음 표에 정리해 봅시다.

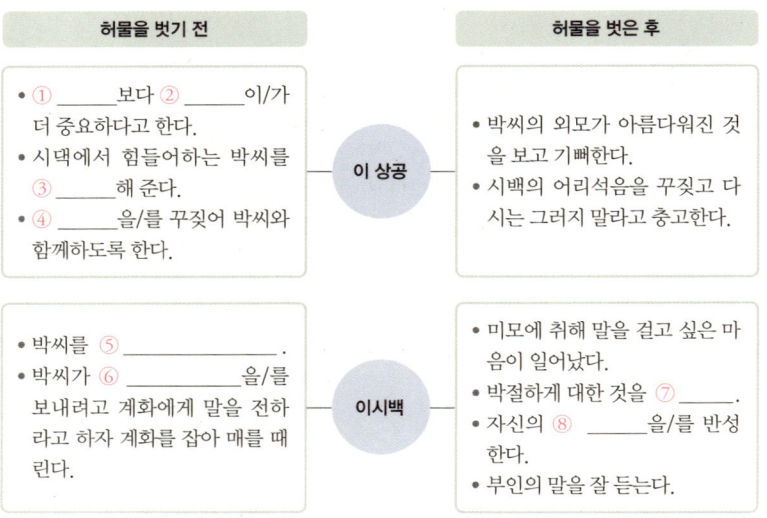

❷ 이 소설은 현실적인 패배와 고통을 상상 속에서 복수하고자 하는 민중들의 심리적 욕구가 반영된 작품입니다. 그럼에도 불구하고 다음의 역사적 사실을 소설 속에서는 바꿀 수 없었습니다. 그 이유는 무엇일까요?

> (2월) 8일에 구왕이 군사를 거두어 돌아갔는데, 세자와 빈궁과 봉림 대군과 대군 부인이 모두 북으로 갔다. (빈궁의 시비는 6명이고, 대군 부인의 시비는 4명이었다.) 임금이 창릉(昌陵) 길옆에 나아가 전송하였는데, 백관과 상하가 일시에 울부짖고 통곡하였으며 임금도 눈물을 떨어뜨렸다.
> ― 이긍익, 「연려실기술」

❸ 다음은 「구렁덩덩 신선비」 설화의 줄거리입니다. 이를 읽고 질문에 답해 봅시다.

> 옛날에 자식이 없는 할아버지와 할머니가 살았다. 자식이 갖고 싶어 구렁이라도 낳았으면 좋겠다고 했더니 진짜 구렁이를 낳았다. 이웃에 딸 셋을 둔 부잣집이 있었는데, 할머니가 아기를 낳았다는 소문을 듣고 찾아와서 첫째, 둘째는 더럽다고 했지만, 셋째는 '구렁덩덩 신선비'를 낳았다고 한다.
> 몇 년 후 구렁이는 어머니에게 장가를 보내 달라며 이웃 부잣집에 중매를 넣어 달라고 한다. 이웃집 첫째, 둘째는 거절하지만 셋째는 구렁이와 혼인하겠다고 한다. 첫날밤 구렁이는 허물을 벗고 잘생긴 새 신랑이 되었다가 아침이면 다시 구렁이가 된다.
> 어느 날 구렁덩덩 신선비는 각시에게 허물을 잘 보관하라고 당부하고 과거를 보러 간다. 그런데 언니들이 찾아와 동생 몰래 허물을 태워 버린다. 신선비는 그 냄새를 맡고 사라진다. 기다리던 각시는 신선비가 오지 않자 그를 찾으러 떠난다. 각시는 어려움을 이겨 내고 신선비를 찾아갔으나 다음 날 결혼한다는 말을 듣는다. 그날 밤 둘이 만나는데, 허물이 타게 된 이유를 알게 된 신선비는 새 신부와 각시의 시합으로 아내를 정하겠다고 한다. 어려운 시합에서 이긴 각시는 신선비의 아내가 되어 행복하게 산다.

(1) 「박씨전」과 유사한 이야기 요소는 무엇인가요?

(2) (1)을 통해 두 이야기가 독자에게 주는 의미는 무엇일까요?

다르게 읽기

❹ 다음은 이 상공이 아들 시백에게 한 말입니다. 당시 사회적 상황을 고려하여 이시백의 입장을 변론해 주는 글을 써 봅시다.

> "네가 끝내 아비의 말을 듣지 않는구나. 덕 있는 사람을 미워하고 아름다움만을 좇으니, 그러고서야 어찌 사람이기를 바랄까? 효도를 모른다면 어찌 충성을 알 것이며, 충효를 모른다면 짐승이 아니고 무엇이겠느냐? 나라가 어지러우면 어진 신하를 생각하고 집안이 요란하면 어진 처를 생각한다고 했느니라. 여자가 한을 품으면 오뉴월에도 서리가 내린다는데, 네 아내가 독수공방하는 서러움을 이기지 못하여 스스로 목숨이라도 끊는다면 어찌하겠느냐? 필시 나라의 큰 죄인이 되고 집안의 재앙이 될 것이다. 너는 도대체 어떤 인간이기에 그렇게 아름다움만 좇는단 말이냐?"

 작품 해설

이보시오 낭군님아, 우리도 세상을 안다오

이 소설은 조선 후기 병자호란을 배경으로 한, 실재 인물인 이시백과 허구적 인물인 박씨 부인의 이야기입니다. 추한 용모를 가진 박씨가 남편과 시어머니에게 구박을 받고 피화당에 은거하는 전반부는 외양으로 생기는 개인적 갈등이 중심이 됩니다. 후반부에서는 박씨가 허물을 벗고 아름다운 용모로 바뀐 후 전쟁에서 영웅적 활약을 보여 주는 사회적 갈등이 중심입니다. 그 전환점은 바로 박씨의 '허물벗기'입니다. 박씨의 변신은 박 처사의 말에서 드러나듯 '전생'의 죄를 벗고, 새로운 사회적 관계인 시댁에 편입되는 통과 의례에 해당합니다. 또한 박씨가 평범한 사람이 아님을 보이는 증거이자 뛰어난 능력을 보여 주는 계기가 됩니다.

병자호란은 당시 오랑캐라고 생각했던 청나라에게 조선의 임금이 아홉 번의 절을 한 치욕적 사건이었습니다. 그래서 「박씨전」에서는 세자와 대군마저 포로로 보내야 했던 패배의 고통을 소설이라는 허구 속에서라도 복수하고 싶어 합니다. 그런 민중의 심리적 욕구를 용울대와 용골대 형제를 혼내 주는 장면으로 반영한 것이지요.

한편 「박씨전」에는 뛰어난 능력을 지닌 여성이 많이 등장합니다. 이는 당시 무능한 지배층 남성에 대한 차가운 시선의 반영이며 조선 시대의 가부장적 제도에서 벗어나고 싶은 여성들의 욕망을 보여 줍니다. 또한 남성들만 국가를 지키는 것이 아니라 여성도 충분히 국가를 지켜 낼 수 있다는 의식을 보여 줍니다.

그러나 안타까운 것은 박씨가 직접 문제를 해결하지 않고, 남편 이시백이나 계화를 통한다는 점입니다. 이는 남녀유별이라는 유교적 관념 속에 스스로를 가둬 두고 있는 것은 아닐까요. 그리고 그런 뛰어난 능력의 주인공을 등장시키고도 실재 역사의 결말에서 벗어나지 못하고 있다는 점도 많은 아쉬움을 줍니다.

엮어 읽기

심옥주, 『나는 여성이고, 독립운동가입니다』
3.1 운동과 여성 독립운동가의 삶을 다룬 역사서입니다. 독립운동은 남성들만의 것이 아니었고 여성들이 남성 활동가의 '뒷바라지'만을 하면서 보조적인 역할에 머문 것도 아니었습니다. 함께 조국을 지켜 내고 버텨 냈던 그들 모두가 대한민국 광복을 이끈 주역이라는 것을 새롭게 찾아가는 책입니다.

토끼전

꾀주머니 배 속에 차고 계수나무에 간 달아 놓고

판소리계 소설은 대부분 입에서 입으로 전해지다가, 전문적인 소리꾼에 의해 판소리로 불리고, 한글 창제 이후에 소설로 기록되었습니다. 「토끼전」은 '구토 설화(구토지설)'로 구전되다가, 판소리 「수궁가」로 불렸습니다. 그리고 「별주부전」, 「토생전」, 「별토가」, 「퇴별가」 등 다양한 이름의 「토끼전」으로 기록됩니다. 이후 근대에는 「토의 간」이라는 신소설로 만들어지기도 했습니다.

　우리가 잘 알고 있는 '토끼와 거북이' 이야기는 동물의 특성을 바탕으로 능력보다 노력의 소중함을 깨닫게 해 줍니다. 한편 잠든 토끼를 깨우지 않는 거북이의 모습에서 공정한 경쟁에 대한 관심을 환기해 주기도 합니다. 이처럼 우화는 다양한 관점으로 인간 세상을 바라볼 수 있게 합니다.

　우리가 감상할 「토끼전」에도 여러 짐승과 물고기들이 등장하여 인간 세상을 다양하게 보여 주고 있습니다. 이 작품에 등장하는 각각의 인물이 되어 이들이 인간의 어떤 모습을 비판하고 있는지 살펴보고, 앞으로 어떻게 살아가는 것이 좋을지 생각해 봅시다.

 '토끼와 거북이' 외에 생각나는 동물 우화가 있나요? 그 이야기에서는 인간 세상을 어떻게 풍자하고 있었나요?

토끼전
꾀주머니 배 속에 차고 계수나무에 간 달아 놓고

• 작자 미상 / 장재화 풀이 •

> **앞부분 줄거리** 남해 용왕 광리왕은 영덕전을 새로 짓고 큰 잔치를 벌여 여러 날 즐겼다. 잔치가 끝나자 온몸에 병이 들어 몇 달 동안 고생하지만 치료법을 찾지 못한다. 그러던 중 한 신선(태을 선관)이 나타나 '토끼의 간'이 약이라고 알려 준다. 토끼를 잡아 올 신하로 별주부가 나선다. 별주부는 토끼의 화상(그림)을 들고 인간 세상을 돌아다니다 토끼를 만나고, 인간에게 잡힐 위험이 큰 육지 대신 수궁에서 훈련대장이 돼 부귀영화를 누릴 수 있다고 꾄다.

자라가 토끼를 등에 업고, 서산에 해 떨어지듯 푸른 물결 위로 둥둥 떠간다. 돛대 없는 당도리선같이 혹 보였다 혹 잠겼다 하며 바닷속으로 들어가니 토끼가 숨이 막혀 고함을 지른다.

"에고 죽겠다. 숨 막힌다, 놓아 다오. 귀에 굴소리 앵앵한다, 놓아 다오."

"어허 이놈, 아가리 벌리지 마라. 짠 바닷물 들어가면 간 녹는다. 이놈아, 이제 할 수 없으니 내 등에 업혀서 이곳저곳 구경이나 착실히 해라."

물소리에 간장이 녹는 듯하나 이제는 어쩔 도리가 없다. 토끼는 자라 등에 바짝 매달려 정신을 잃지 않으려고 무진 애를 쓴다. 이슥고 물소리 그치고 사면이 고요하다.

"자, 이제 다 왔소. 내리시오."

"주부의 말 중에 내리란 말이 가장 듣기 좋소."

토끼가 얼른 내려 주위를 둘러본다. 귀신 얼굴을 한 물고기들이 큰 문을 지키고 서 있는데, 문 위에는 순금으로 쓴 '남해 영덕전 수정문'이라는 현판이 달려 있다.

토끼가 황홀한 마음을 이기지 못하고 별주부에게 칭찬을 늘어놓는다.

"형의 말씀이 진실로 거짓이 아니라는 것을 이제 알겠소. 우리 인간 세상에 이러한 곳이 흰쌀에 뉘˙만큼만 있다 해도 이렇게 힘든 걸음을 하지는 않았을 것이오. 그동안 여러 해 고생하다가 이렇게 선경을 보니 '괴로움이 다하면 즐거움이 찾아온다.'라는 말을 이제야 비로소 알 듯하오. 기쁜 마음 한량없지만 이제는 잘살고 못사는 일이 형에게 달렸으니 좋은 데로 천거해 주시오."

별주부가 속으로는 비웃으면서도 겉으로는 내색하지 않는다. 문밖에 토끼를 기다리게 하고 대궐로 들어가 토끼 잡아 온 사연을 낱낱이 아뢰니 용왕이 기쁨을 이기지 못한다.

"그래, 험한 세상에 무사히 다녀왔으며 노독˙이 심하지는 않은가?"

용왕이 별주부를 위로한 뒤 바삐 토끼를 잡아들이라 한다. 이때 토끼는 마음이 불안하여 귀를 기울이고 궁궐 소식을 엿듣고 있는데, 갑자기 '잡아들이라'는 고함 소리가 들린다. 토끼가 더럭 의심이 들

˙**뉘** 쌀 속에 등겨가 벗겨지지 않은 채로 섞인 벼 알갱이.
˙**노독** 먼 길에 지치고 시달려서 생긴 피로나 병.

어 급히 궁문 뒤 물풀 사이로 숨는다.

별주부가 군사를 거느리고 나와 보니 토끼가 없다. 잠시 주변을 둘러보다 큰소리로 토끼를 부른다.

"토 생원은 어디 계시오? 여기서 '잡아들이라'는 말은 인간 세상의 '모셔 들이라'는 말과 같소이다."

토끼는 의심이 가시지 않아 성큼 나서지 못한다. 하지만 별주부는 이미 토끼의 얕은꾀를 아는지라 무사를 시켜 다시 한 번 소리치게 한다.

"새로 훈련대장 제수● 받으신 토 생원은 어디 계십니까?"

토끼가 그 말을 반겨 듣고 얼른 모습을 드러낸다. 수국 군사들은 토끼 모습을 보자마자 달려들어 네 발을 꽁꽁 묶는다.

"아니, 훈련대장 제수하신다더니 이게 무슨 짓이오?"

"본래 그러하오."

"우리 인간 세상에서는 벼슬아치들이 입궐할 때 그 지위에 따라 백마를 타거나 수레를 타거나 하다못해 바싹 마른 당나귀라도 타고 들어가는데, 이렇게 묶는 것은 무슨 까닭이오?"

"이보시오. 토 생원이 뭘 모르십니다. 예의 법도란 것이 읍마다 각기 다르고 동마다 각기 다른 것인데, 인간 세상과 수국의 법도가 어찌 같을 수 있단 말이오. 우리 수국에서는 꽁꽁 묶으면 묶을수록 벼슬이 더 높아 간다오."

토끼가 눈을 깜빡거리며 생각에 잠긴다.

'제기, 벼슬을 두 번만 더 하다가는 목숨이 끊어지겠구나. 그러나

● **제수** 추천의 절차를 밟지 않고 임금이 직접 벼슬을 내리던 일.

이왕 벼슬할 테면 더 높은 벼슬이 좋겠지.'

토끼가 몸을 삐끗 돌린다.

"이보시오. 이쪽이 허술하게 묶인 듯하니 단단하게 동여매 주시오."

"예, 그러지요."

군사들이 달려들어 토끼를 더 꽁꽁 묶어서는 영덕전 그 너른 마당에다가 서너너덧 바퀴를 돌려 내동댕이쳐 내려놓는다. 토끼가 눈을 깜짝깜짝, 좌우를 살펴보니 온갖 물고기가 겹겹이 둘러싸고 있다.

'이놈들이 다 수국의 신하들이란 말인가? 만만찮겠는걸.'

토끼가 눈만 말똥말똥 뜨고 늘어선 물고기들을 바라보고 있을 때, 용왕도 토끼를 요리조리 살핀다.

한데, 토끼를 보던 용왕이,

"어, 그놈 배 속에 간 많이 들었겠다. 토끼 배 따고 간 내어 소금 찍어 올려라."

이렇게 분부를 했으면 아무 탈이 없었을 것인데, 토끼가 타국에서 온 귀한 짐승이라고 말을 시켜 본 것이 탈이다.

"토끼 너 듣거라. 내 우연히 병을 얻어 어떤 약도 소용이 없게 되었느니라. 마침 하늘로부터 도사가 내려와서 진맥하고 하는 말이 '살아 있는 토끼의 간을 구하여 먹으면 금방 나으리라.' 하기에 어진 신하를 세상에 보내어 너를 잡아 왔느니라. 죽는다고 한탄하지 말아라. 네가 죄 없는 줄이야 알지만 과인의 한 몸이 너와 달라, 만일 내가 불행해지면 한 나라의 백성과 신하들을 보존하기 어려운 줄 넌들 설마 모르겠느냐. 너 죽고 과인이 살아나면, 수국의 모든 백성 다 살리는 것이니 네가 바로 일등 충신이로다. 너 죽은 후에

네 몸 곱게 묻고 나무 비석이라도 만들어서 세울 것이니라. 또 설, 한식, 단오, 추석 제사를 착실히 지내 줄 것이니 죽는 것을 조금도 한탄하지 마라. 할 말이 있거든 하고 그냥 죽어라."

토끼가 그제야 별주부에게 속은 줄을 알고 가슴을 친다. 하지만 지금은 어쩔 도리가 없다. 토끼가 잠시 눈을 끔쩍깜짝하더니 얼른 한 꾀를 생각하고 배를 앞으로 쫙 내민다.

"자, 내 배 따 보시오."

용왕이 덜컥 의심이 난다.

'저놈이 죽지 않으려고 온갖 변명을 늘어놓을 텐데, 배를 의심 없이 내미는구나. 무슨 까닭이 있는가 보다.'

용왕이 궁금함을 이기지 못해 묻는다.

"무슨 까닭인지 말이나 하고 죽어라."

"말할 것도 없소. 소토의 배나 쫙 따 보시오."

"어따, 이놈아. 말을 해라."

"말해도 곧이듣지 않을 테니, 어서 따 보란 말이오."

"이놈이! 어서 말을 하래도!"

"말을 하라니 하오리다. 말을 하라니 하오리다. 전하 하고 이렇듯 감사하오니, 신이 백 번 죽는다 해도 오히려 영광이옵니다. 전하의 옥체가 낫기만 한다면 이 한 몸 무엇이 아깝겠습니까만, 다만 그렇지 아니한 사연이 있사오니 그게 원통할 따름입니다. 통촉하옵소서."

"그 사연이라는 게 도대체 무엇이란 말이냐?"

"소토의 배를 갈라 간이 들었으면 좋겠지만, 만일 간이 없으면 불쌍한 소토의 목숨만 끊을 것입니다. 소토가 죽고 나면 누구에게 간을 달라고 하며, 어찌 다시 구할 수 있겠습니까?"
"이놈, 네 말이 간사한 말이로다. 의서에 이르기를 비장에 병이 들면 입으로 음식을 먹지 못하고, 쓸개에 병이 들면 입으로 말을 하지 못한다 했다. 또 콩팥에 병이 들면 귀로 듣지 못하고, 간에 병이 들면 눈으로 보지 못한다고도 했느니라. 당치 않은 소리 하지 마라. 간이 없고서야 어찌 눈을 들어 만물을 볼 수 있더란 말이냐?"
토끼가 더 당돌하게 말한다.
"소토의 간은 달의 정기를 받아 만들어진 것이라, 보름이면 간을 꺼냈다가 그믐이면 다시 넣습니다. 간을 꺼낼 때마다 세상의 병든 사람들이 간을 달라고 보채기로, 꺼낸 간을 파초 잎에다 꼭꼭 싸서 칡넝쿨로 칭칭 동여, 영주산 바위 위 계수나무 늘어진 가지 끝에다 매달아 두는 것이옵니다. 이번에도 간을 꺼내 나무에 달아 놓고 계곡 사이를 흐르는 맑은 물에 발 씻으러 내려왔다가 우연히 주부를 만나 수국 흥미가 좋다고 하기로 구경차로 왔나이다."
여기까지 말하던 토끼가 갑자기 자라를 노려본다.
"원통하다 별주부야, 미련하다 별주부야, 대왕께서 병들었다는 사실을 속이고 그저 달콤한 말로 나를 유혹하기만 했구나. 신하된 도리로 어찌 그럴 수 있단 말이냐?"
다시 고개를 돌려 용왕을 바라본다.
"소토가 별주부를 만났을 때는 보름이 갓 지났을 때였습니다. 갈 길이 급하다고 별주부가 보채기에 이전에 꺼내 둔 간을 미처 가져오지 못했사옵니다. 며칠 말미●를 주면 인간 세상 간 둔 곳을 찾아가서 저의 간뿐 아니라, 친구들 간까지 널리 구해 오겠사옵니다."

용왕이 크게 꾸짖는다.

"이놈, 네 말이 당찮은 말이로다. 사람이나 짐승이나 한 몸에 든 내장은 다를 바가 없는 것이다. 어찌 간을 내고 들이고 마음대로 한단 말이냐? 내 당초에 듣기 좋은 말로 너를 타일렀건만, 너같이 미천한 것이 요망한 말로 나를 속이니 이제는 죽어도 공이 없으리라."

무사에게 호령하여 궁문 밖에 잡아 내어 신속히 배를 가르라 엄하게 분부를 한다. 토끼 얼굴빛을 바꾸지 아니하고 히히히히 웃으면서 더 당당하게 말한다.

"대왕께서는 하나만 알고 둘은 모르시옵니다. 복희씨●는 어찌하여 뱀의 몸에 사람 얼굴이며, 신농씨●는 어찌하여 사람 몸에 소 얼굴이옵니까? 대왕의 꼬리가 저렇게 길고 소토 꼬리가 이렇게 묘똑한 것은 무슨 까닭이옵니까? 대왕의 몸뚱이는 비늘이 번쩍번쩍하고, 소토의 몸뚱이는 털이 요리 송살송살한 것은 또 무슨 까닭이옵니까? 까마귀로 말해도 오전 까마귀 쓸개 있고, 오후 까마귀 쓸개 없다 했사옵니다. 그런데도 인간이나 날짐승 길짐승 또 물고기들이 다 한가지라고 뻑뻑 우기시니 답답할 따름이옵니다."

"그러하면 네 몸에 간을 내고 들이고 하는 표가 있느냐?"

"있습지요."

"어디 보자."

"자, 보시오."

용왕이 들여다보니 빨간 구멍 새 개가 늘어서 있다.

● **말미** 일정한 직업이나 일 따위에 매인 사람이 다른 일로 말미암아 얻는 겨를.
● **복희씨** 중국 고대 전설상의 제왕. 그물을 발명하여 고기잡이 방법을 가르쳤다고 한다.
● **신농씨** 중국 고대 전설상의 제왕. 농업과 의약, 상업의 신이라고 한다.

"저 구멍이 모두 무엇 하는 데 쓰이는 것이냐?"

"한 구멍으로는 대변을 보고, 또 한 구멍으로는 소변을 보며, 또 한 구멍으로는 간을 통째로 내고 들이고 하나이다."

"그러면 간은 어떻게 내고 들이고 한단 말이냐?"

토끼가 그제야 큰 숨을 쉰다.

"낼 때는 밑구멍으로 내고 넣을 때는 입으로 넣사옵니다. 천지의 기운을 따라 내고 들이고 하기 때문에 해와 달의 기운이 섞이고 아침 안개 저녁 이슬이 함께 녹아드는 것이옵니다. 소토의 간이 산삼보다 낫고 우황보다도 낫다고 하는 것이 바로 이 때문이옵니다."

"그러면 세상에서 네 간으로 효험 본 이가 더러 있느냐?"

"있다 뿐이겠습니까? 소토 부친이 경치 구경을 좋아하여 이 산 저 산 거침없이 다녔는데, 좁은 벼랑 앙금앙금 돌아들다 발을 헛디뎌 물에 풍덩 빠져 거의 죽게 된 일이 있었사옵니다. 이때 동방삭이 신선 찾아 놀러 왔다가 소토의 부친을 덤벙 건져 살아났지요. 그 은혜에 감격하여 간을 세 조각내어 주었더니 동방삭이 받아먹고 삼천갑자를 살 수 있었사옵니다.

또, 소토 조부께서 간을 내어 달빛을 쏘인 뒤 맑은 물에 담가 놓고 헐렁헐렁 씻을 때였습니다. 가난하게 팔십을 산 강태공이 그 물빛을 짐작하고 잔을 얼른 끌러 그 물을 덤벅 들입 떠서 세 모금을 마신 뒤로 부귀영화를 누리며 팔십을 더 산 일도 있다 하옵니다.

그러한 소문이 널리 퍼져 남녀노소 상하 없이 소토를 찾아와서 '늙고 병드신 부모님 살리게 간 조금만 빌려 주소, 혼자 살아가는 가장 살리게 간 조금만 빌려 주소, 삼대독자 외아들이 거의 죽게 되었으니 간 조금만 파시옵소서.' 하며 비는 소리가 끊이질 않았사옵니다. 이 소리가 옥황상제의 귀에까지 들어가니 상제께서는 '너는 어찌 간 하나를 가지고 거둬들일 목숨을 똑똑 살려 하늘의 이치를 어기느냐? 요망하다.' 하고 꾸짖으시기에 이후로는 간을 주지 않았사옵니다. 하오나 대왕께옵서는 남해궁을 다스리는 분이시고 백성들의 생사를 쥐고 있는 분이시라 간을 드리지 않을 수 없을 것이옵니다. 대왕께서 소토 간을 잡수시기만 한다면 병들지 않고 늙지도 않고 오래오래 사실 것이옵니다. 게다가 정력에는 더할 나위 없이 좋사옵니다."

용왕은 병 없이 오래 산다는 말보다 정력에 좋다는 말이 더 귀에 솔깃하다.

"그러면 간을 어디다 두었느냐?"

"예, 간 둔 곳을 말씀드리겠사옵니다. 인간 서상으로 깊이 들어가면 영주산이라는 산이 있고, 그 산 꼭대기에는 천 년 묵은 소나무가 있사옵니다. 그 소나무 늘어진 가지 하나, 둘, 셋째 가지 끝에다 매달아 놓았사옵니다. 칡잎으로 약봉지 싸듯 꽁꽁 싸서 매달아 놓고 왔으니 옥황상제나 떼어 가지, 다른 어떤 사람도 손을 대지 못할 것이옵니다."

왕이 좌우의 여러 신하를 돌아보며 말한다.

"배를 갈라 간이 있으면 좋거니와 만약 없으면 공연히 불쌍한 목숨만 끊고 간을 구하지 못할 것이니, 토끼를 살려 주는 것이 어떻겠소?"

여러 신하가 함께 머리를 조아린다.

"전하 하교 마땅하여이다."

이때 금붕어가 앞으로 나와 조심스럽게 아뢴다.

"전하, 세상의 일이란 것은 예측을 할 수가 없사옵니다. 그러하니 토끼에게 간 둔 곳을 물어보아 별주부만 보내어 찾아오게 하는 것이 마땅할 듯하옵니다."

토끼가 금붕어를 바라보며 빙그레 웃는다.

"그 말이 그럴듯하오만, 소신이 어찌 조금이라도 속이겠사옵니까? 소토도 먼먼 길 두 번 다시 오고 가기 싫사옵니다. 주부만 보내고 그 사이 노독이라도 풀 수 있다면 좋겠사옵니다. 하오나 인간 세상은 수국과 달라 산천이 험악하고 초목이 무성하여 늘 다니는 소토라도 오히려 동서남북을 분별치 못할 때가 많사옵니다. 주부에게 간 둔 곳을 말한들 어디를 가서 찾을 수 있겠사옵니까? 익숙지 못한 길 두루 다니다가 목숨을 보전하기 어려울까 그것이 염려되옵니다. 인간 산천의 길이 얼마나 험악한지는 주부에게 물어보소서."

용왕이 토끼의 말을 옳게 여겨 묶은 것을 풀고 윗자리에 오르게 하니 별주부가 울면서 만류를 한다.

"토끼란 놈이 본시 간사하옵니다. 배 속에 달린 간 꺼내지 않고 도로 보내면 초목금수●라도 비웃을 것입니다. 일곱 번 풀어 준 맹획을 다시 일곱 번 잡아들인 제갈량의 재주가 아닐진대, 한번 놓아서 보낸 토끼를 어찌 다시 구하리까? 당장 배를 따 보시옵소서. 만일 간이 없다면 소신을 능지처참●하고 또 소신의 가족까지 다 죽인다 하더라도 여한이 없사옵니다. 소신의 말 들으시고 당장에

● **초목금수** 풀과 나무와 날짐승과 길짐승을 아울러 이르는 말. 온갖 생물을 이른다.
● **능지처참** 대역죄를 범한 자에게 과하던 극형. 죄인을 죽인 뒤 시신의 머리, 몸, 팔, 다리를 토막 쳐서 각지에 돌려 보이는 형벌이다.

배를 따 보시옵소서."

토끼가 들으니 기가 막힌다.

"이놈 별주부야, 얘 이놈 별주부야, 네가 나와 무슨 원수진 일이 있길래 그다지 모진 말을 하느냐? 내 배를 갈라 간이 들었으면 좋겠지만, 만일 간이 없다면 백 년을 더 살 너의 용왕 하루도 살기 어려울 것이다. 나 또한 너의 나라 원귀가 되어 조정의 모든 신하를 한날한시에 모두 몰살할 것이다. 아나, 옜다. 배 갈라라. 아나, 옜다, 배 갈라라. 똥밖에 든 것이 없다. 내 배를 갈라 너 보아라."

토끼가 이렇게 악을 바락바락 쓰니 용왕도 신하들에게 더 이상 다른 말을 하지 못하게 한다.

"다들 그만두시오. 이제부터 다시 토공을 해치는 말을 하는 자가 있으면 그물이 쳐진 곳으로 유배를 보낼 것이오!"

토끼 묶은 것을 풀고 영덕전 마루 위에 올려 앉히니 토끼가 다시 무릎을 꿇고 말한다.

"미천한 소토를 전하 옆에 앉히시고 이렇게 후한 대접을 해 주시니 황송한 말씀 어찌 다할 수 있겠사옵니까?"

용왕이 이제는 토끼를 한껏 높여 말한다.

"토공은 인간 세상에 살고 과인은 수궁에 살아 그동안 서로 오고 가지 못했소. 오늘 이렇게 만난 것은 하늘의 도움이니 반갑기 그지없소. 내 아까는 토공에게 잠시 농담한 것이니 너무 마음에 담아 두지 마시오."

"전하께서 그렇게 말씀하시니 간이 아니라 목을 베어 바친들 어찌 아깝다 하오리까?"

용왕이 크게 기뻐하고 토끼를 위하여 잔치를 베풀게 한다.

중간 부분 줄거리 잔치 자리에서 별주부는 토끼의 간이 배 속에 든 것이 아니냐는 의심을 하게 된다. 토끼는 위기를 모면하기 위해 자라탕이 원기 회복에 좋다고 용왕에게 말한다. 죽을 지경에 처한 별주부는 토끼의 요구대로 별 부인을 대령하고, 토끼와 별 부인은 하룻밤을 보낸다. 다음 날, 간을 가지러 가겠다며 토끼와 별주부는 길을 나선다.

  토끼가 별주부의 등에 업혀 다시 물속으로 들어가니 고국 강산이 눈앞에 어른거린다. 기쁜 마음 이기지 못하고 토끼가 크게 웃으니 별주부가 웃는 뜻을 묻는다.
  "내 본래 바람기가 좀 있었는데, 바닷바람에 몸이 상해서 그렇소."
별주부가 웃고 은근하게 말한다.
  "이번에 우리 둘이 공을 세워 돌아가면 선생은 대왕의 사부가 되어 틀림없이 높은 대접을 받을 것이오. 우리 둘이 풍파•를 헤치고 이렇게 수차례 함께한 일 부디 잊지 마시오. 무사히 일을 마치고 돌아가면 별 부인의 정을 생각해서라도 용왕께 좋은 말씀드려 주오."
  토끼가 속으로는 비웃으면서도 겉으로는 허락한다. 걸음을 재촉하는 토끼 입에서는 노랫소리가 절로 나온다.

> 푸른 물결 위로 둥둥 떠서
> 가자 가자 어서 가자,
> 삼산은 반이나 구름 속에 가려
> 푸른 하늘 멀리 떨어진 듯 우뚝 솟아 있고,

• **풍파** ① 세찬 바람과 험한 물결을 아울러 이르는 말. ② 세상살이의 어려움이나 고통.

두 줄기로 나뉜 강물은 백로주를 끼고 흘러간다.●

해는 긴 모래밭에 떨어지고

가을 산 빛은 멀리 아득하구나.

한 곳에 다다르니 군자 하나 서 있다. 푸른 옷을 입고 관을 쓴 그 모습이 몹시도 초췌하다. 토끼 일행을 본 그 사람이 손을 들어 인사를 한다.

"오가는 물길이 천 리 만 리는 될 텐데, 공은 무엇 때문에 여기에 왔소?"

토끼가 대답한다.

"모든 산이 제집이라 볼만한 경치 두루 보고, 몸 또한 사람에게 매이지 않았으니 이렇게 마음대로 다닐 수 있다오. 그런데 그대는 무엇 때문에 여기에 왔소?"

군자가 눈물을 흘리고 길게 탄식한다.

"그대는 삼려대부가 물고기 배 속에 장사 지냈다는 것을 모르시는구려. 내 일찍 세상에서 한 임금을 섬겼더니 때가 불행하여 물에 빠져 죽게 되었소. 그대가 해와 달 밝은 세상으로 나가거든 이내 서러운 사연이나 친구들에게 전해 주시오."

토끼가 듣고 보니 이는 곧 물고기 배 속에 장사 지낸 굴원●이다. 토끼가 그 군자와 이별하고 또 한 곳을 당도하니 푸른 물결 위에 돛대를 치는 사공이 있다. 바로 월 범여●다.

● **삼산은~흘러간다** 이백의 시 「등금릉봉황대」에 나오는 구절.
● **굴원** 중국 전국 시대 초나라의 정치가·시인. 모함을 입어 자신의 뜻을 펴지 못하다가 마침내 물에 빠져 죽었다.
● **범여** 중국 춘추 시대 월나라의 재상.

"난간 밖에는 형강의 긴 강물이 밤낮 없이 흐르니, 등왕각이 여기로구나."

백마주 급히 지나 적벽강에 당도하니 소자첨* 배를 띄우고 놀던 곳에 달이 떠오른다.

"달이 동산 위에 떠올라 북두성과 견우성 사이에서 오락가락하니 백로가 강을 가로질러 건너는구나. 자라 등에 저 달 싣고 우리 고향 어서 가자. 고향으로 돌아가서 밝은 달을 벗 삼아 지내면 그 아니 좋을쏘냐?"

물가에 점점 가까이 오니 토끼는 마음이 급해진다. 육지에 당도하기도 전에 자라 등에서 펄쩍 뛰다가 물에 빠져 죽을 지경이 된다. 별주부가 놀라서 급히 달려들어 토끼를 구해 낸다.

토끼는 백사장에 오르자마자 가로로 뛰고 세로로 뛰며 기쁨을 감추지 못한다. 또 앞으로 뛰었다가 뒤로 뛰었다가 하면서 별주부에게 무수히 욕을 한다.

"저절로 생긴 오장육부 어찌 함부로 바꿀 수 있겠는가? 간을 꺼내고 넣고 한다는 말은 듣도 보도 못했다. 네 임금 어리석고 네 조정 신하 미련하더라. 함정에 든 범이요, 우물에 든 고기를 살려 보내고 골수에 깊이 든 병 고치고자 했더냐? 산중 토 생원을 뉘라서 유인하랴? 꾀도 많고 말솜씨도 대단하구나. 산속 재미 부족하다고 수국에 벼슬하러 갔다가 거의 죽게 되었더니, 천신만고* 살았

---

* **소자첨** 소동파. 중국 북송의 문인. 중국을 대표하는 문장가 중 한 사람으로 추앙받는 인물이다. 대표작으로 「적벽부」가 있다.
* **천신만고** 천 가지 매운 것과 만 가지 쓴 것이라는 뜻으로, 온갖 어려운 고비를 다 겪으며 심하게 고생함을 이르는 말.

구나. 이내 계교 생각하면 묘할 묘 자 이 아닌가?

　내 배 속에 간이 잔뜩 들었다만, 미련하다 저 자라야, 배 속에 있는 간을 어찌 마음대로 할 수 있단 말이냐? 네 충성 지극키로 병든 용왕 살리자고 성한 토끼 나 죽으랴? 수국이 좋다 해도 이 산중만 못하더라, 너의 수국 맛난 음식 도토리만 못하더라. 천일주가 좋다 해도 맛 좋은 물만 못하더라. 불로초가 좋다 해도 칡뿌리만 못하더라."

토끼가 이리 뛰고 저리 뛰며 잔방귀를 통통 뀐다.

"기특하다 밑구멍아, 손 맞더라 밑구멍아. 만일 둘밖에 없었던들, 이내 목숨 벌써 죽었을 것을. 내가 용왕같이 미련하고 용왕이 나같이 슬기로웠다면 수국에서 벌써 죽었을 것을. 이렇게 살아난 것도 다 내 재주가 아니겠느냐?

　어리석은 별주부야! 네 충성이 지극하니 영약이나 일러 주마. 너의 수국에 암자라 많더구나. 하루에 일천오백 마리씩 달여 석 달 열흘만 먹이고, 복쟁이 가루 천 섬을 가지고 오동나무 열매같이 만들어라. 그래 가지고 용왕 입에다 전지를 딱 들이대고 억지로라도 다 먹여라. 그러면 살든지 죽든지 결판이 날 것이다.

　자라야 잘 가거라. 무슨 일로 너 왔더냐? 생각하면 할수록 우습구나. 네 마음 원통하거든 다시 꾀를 내어 나를 데려가 보아라. 네 사정 생각하면 원통타 하겠지만, 네 체면 세워 주자고 내 목숨 어찌하겠느냐? 고국에 돌아오니 시원하기도 시원하구나. 다만, 네 아내와 못다 푼 정, 꿈속인 양 아득하구나. 네 집에 돌아가거든 아무 탈 없이 나 온 소식 대강이나 전해라."

별주부는 아직도 토끼 말을 제대로 알아듣지 못하고 있다.

"실없는 소리 말고 간 둔 데나 속히 갑시다."
토끼가 껄껄 웃는다.
"어허, 헛된 자식 많이 보겠구나. 미련하고 우스운 놈아, 간 둔 곳

이 별 곳이냐? 배 속에 든 간을 어떻게 준단 말이냐? 어리석은 별주부야, 나 같은 영웅호걸이 어찌 너의 수국에 있겠느냐? 힘 좋고 용맹 있거든 뭍으로 나와서 한번 붙어 보자. 고향에 돌아오니 내 친구 많기도 많구나. 내 한번 소리치면 앞산의 호랑이 숙부, 뒷산의 사슴 벗님, 꾀 많은 여우 친구, 내 아들 토끼 등이 산천을 주름잡고 한꺼번에 달려들 텐데 너같이 못난 자식 혼이나 남겠느냐? 날 잡으러 왔다가 너마저 죽는다면 그보다 원통한 일 없으리라. 정 믿지 못하겠거든 내 뒤를 따라와 보아라."

토끼가 산속으로 뛰어 들어가니 자라는 토끼를 놓치고 기가 막혀 울음을 운다.

"애고, 애고, 애고, 애고, 어디 가서 토끼를 잡을꼬? 이렇게 맹랑한 일이 또 어디 있단 말인가? 내 충성 부족하든가 대왕의 명이 짧든가? 수궁까지 갔던 토끼 너른 산속 다시 놓아 주니, 이제 어디 가서 다시 토끼를 잡으리오. 우리 대왕 죽고 나면 수국의 모든 일을 누구와 의논할 수 있단 말인가? 우리나라 굳은 사직 속절없이 되었구나. 애고애고, 설운지고."

별주부는 수국으로 들어가지 못하고 그 길로 소상강으로 돌아가서 대숲에 의지하여 살아간다.

뒷부분 줄거리 수궁에서 살아 나온 토끼는 인간의 그물에 걸리기도 하고, 독수리에게 낚이기도 하지만 모두 꾀를 내어 위기를 극복한다. 용왕은 토끼를 기다리다 병이 심해져 세자에게 자리를 물려주고 결국 죽는다. 소상강 숲에서 살던 별주부는 수궁의 소식을 듣고 통곡하고 아황 여영께 원통한 사정을 올리고 목숨을 끊는다. 별주부는 충절을 인정받는다.

활동하기

❶ 수궁에서 위기에 빠진 토끼가 용왕에게 했던 거짓말의 내용을 적어 봅시다.

> • 간을 들이고 내는 구멍이 따로 있으며 인간이나 날짐승, 길짐승이 모두 다르다고 주장한다.

❷ 등장인물의 말과 행동을 통해 인물의 특성을 파악해 봅시다. 그리고 이들이 조선 시대 어떤 계층을 대표하는지 정리해 봅시다.

	말과 행동	특성	계층
토끼	• 꽁꽁 묶을수록 벼슬이 높아진다는 말에 더 묶어 달라고 함. • 자신의 간을 빼앗으려 하자 온갖 거짓말로 용왕을 속임.	①	②
별주부	• 토끼에게 공을 세워 돌아가면 용왕께 좋게 말해 달라고 함. • 토끼를 놓친 뒤 자신의 충성이 부족하다고 한탄하고, 용왕의 죽음을 듣고 스스로 목숨을 끊음.	③	④
용왕	• 자신의 병을 치료하기 위해 토끼의 생명을 빼앗으려 함. • 간을 두고 왔다는 토끼의 말에 속아 토끼를 살려 보냄.	⑤	임금

126 중학교 소설 읽기

❸ 등장인물의 행동에 대해 근거를 들어 평가해 봅시다.

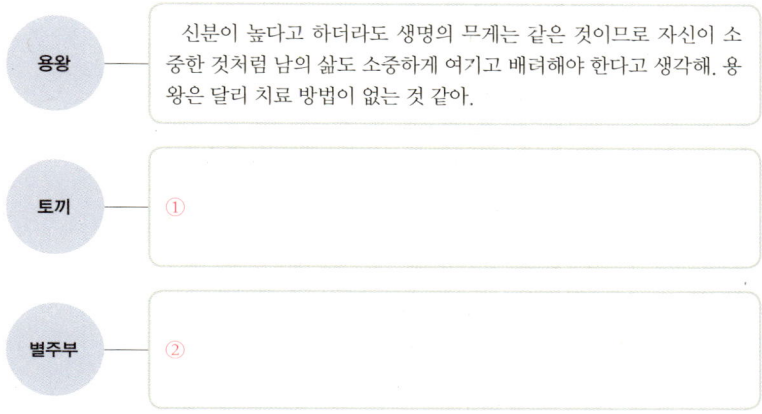

용왕 — 신분이 높다고 하더라도 생명의 무게는 같은 것이므로 자신이 소중한 것처럼 남의 삶도 소중하게 여기고 배려해야 한다고 생각해. 용왕은 달리 치료 방법이 없는 것 같아.

토끼 — ①

별주부 — ②

🏠 다르게 읽기

❹ 「토끼전」은 오랜 시간 구전되는 과정에서 여러 사람들의 생각이 반영돼 조금씩 다른 이야기(이본)가 전해지고 있습니다. 다음 「토끼전」의 결말에 반영된 우리 조상들의 바람은 무엇이었는지 생각해 봅시다.

(○:삶 ×:죽음)

	용왕	자라	토끼
결말 1	×	×	○
결말 2	×	○	○
결말 3	○	○	○

- 결말 1: 토끼만 살고 자라나 용왕이 다 죽는 결말이므로, 자신의 이익을 위해 백성을 괴롭히는 임금과 이 명령을 따르는 신하도 나쁘다는 의식이 반영되어 있다.
- 결말 2: 자라가 소상강 대숲으로 도망가서 살고 용왕만 죽는 결말이므로, _____
- 결말 3: 화타 도인이 나타나 선약을 줘서 용왕까지 살려 주는 결말은, _____

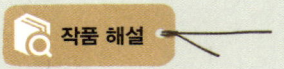 작품 해설

호랑이 굴에 들어가도 정신만 차리면 산다

「토끼전」은 동물이 주인공이 되어 인간 세상을 이야기하는 우화 소설입니다. 그런데 왜 동물을 통해 인간 세상을 이야기할까요? 인간 세상의 문제를 직접 말하기 어려운 상황이기에 돌려 말했을 것입니다. 그래서 우화 소설은 대체로 현실을 비판하거나 풍자하는 내용을 담고 있습니다.

수국의 왕인 용왕, 신하인 별주부, 간을 빼앗기거나 위기를 겪는 토끼를 통해 당시 사회가 봉건 사회이며 민중에 대한 지배층의 횡포가 심했음을 짐작할 수 있습니다. 이러한 현실을 대놓고 비판하기는 어려우니 「토끼전」에서는 용궁에서 자신의 목숨을 지켜 내는 토끼의 입을 빌어 봉건적 질서를 비판하는 민중들의 의식을 표현한 것입니다.

그밖에도 「토끼전」에서 발견되는 주제 의식은 다양합니다. 용왕과 토끼의 생명의 무게가 다를 수 없다는 것은 모두가 평등한 사회 공동체의 일원으로서 타인에 대한 존중과 배려가 세상을 살아가는 기본 원칙임을 성찰하게 합니다. 토끼가 수궁에서 살아 나온 뒤에도 포수나 독수리에게 잡히지만 지혜로써 위기를 극복하는 이야기에서는 '호랑이 굴에 들어가도 정신만 차리면 산다.'라는 주제를 발견할 수도 있습니다.

한편 「토끼전」은 오랜 시간 구전되는 과정에서 여러 사람들의 생각이 반영돼 일부 내용이나 전개 과정, 결말이 다른 이야기(이본)가 전해지고 있습니다. 따라서 이본을 살펴보면 당시 사람들의 생각이 변화되어 가는 과정을 알 수 있고, 각 이본을 주로 향유하던 계층이 양반 사대부 계층인지 일반 민중인지를 짐작할 수도 있습니다.

엮어 읽기

아지즈 네신, 『당나귀는 당나귀답게』

「토끼전」과 같이 동물을 의인화하여 인간의 도전, 연대와 인내, 권력과 질투, 제국주의 횡포, 나다운 성장, 인간의 의지와 환경 등 나와 인간, 사회의 다양한 문제를 풍자하고 있습니다. 짧은 이야기이지만 나와 우리, 사회에 대해 재인식하는 힘을 키울 수 있습니다.

코르니유 영감의
비밀

알퐁스 도데(1840~1897)

알퐁스 도데는 프랑스의 남동부 지역인 프로방스 지방의 님에서 태어났습니다. 감수성이 풍부하고 유연한 문체로 고향 프로방스 지방의 아름다운 자연을 그리거나 인간의 삶을 정감 있게 바라본 작품을 많이 썼습니다. 주요 작품에는 소설 「별」, 「마지막 수업」과 희곡 「아를의 여인」 등이 있습니다.

　물레방아를 본 적이 있나요? 요즘 우리들이 보는 물레방아는 정원을 아름답게 장식하기 위해 만들어 놓은 것이지만 이것은 원래 물의 힘을 이용하여 곡식을 찧는 용도로 사용되었던 것이랍니다. 예전에는 동네마다 방앗간이 많았지만, 산업화가 되면서 이렇게 곡식을 찧는 일들은 대부분 공장으로 옮겨 가 방앗간의 수는 줄어들었지요.

　유럽에는 물의 힘을 이용한 물레방앗간 대신 바람의 힘을 이용한 풍차 방앗간이 있었어요. 이곳은 우리나라보다 더 일찍 산업화가 진행되었으니 변화도 더 빨리 찾아왔겠지요.

　이 이야기는 이러한 변화가 일어나던 시기, 프랑스의 한 작은 마을에서 일어난 일인데요, 풍차 방앗간을 운영하는 코르니유 영감에게 엄청난 비밀이 있다는 거예요. 이 마을 사람들이 코르니유 영감의 비밀을 모두 밝히기 전에, 소설을 읽는 여러분이 먼저 비밀을 찾아내 볼까요?

 사회의 변화로 인해 사라져 가는 것들 중 계속 남아 있었으면 하고 바라는 물건이 있나요?

코르니유 영감의 비밀

• 알퐁스 도데 / 표시정 옮김 •

프랑세 마마이는 피리를 잘 부는 노인이었다. 그는 가끔 풍차에 들러 옛날이야기를 해 주었다.

어느 날, 포도주를 마시고 기분이 좋아진 프랑세 마마이는 내가 살고 있는 풍차에서 일어났던 이야기를 들려주었다.

그의 이야기는 무척 감동적이었다. 나는 그 감동적인 이야기를 여러분에게 들려주려 한다.

여러분은 향기로운 포도주 항아리를 앞에 놓고 기분이 좋아진 한 노인이 피리를 부는 모습을 상상하기 바란다. 이 이야기는 피리 부는 노인이 여러분에게 들려주는 것이다.

"얼마 전까지만 해도 이 언덕에는 풍차들이 늘어서 있었어. 풍차 방앗간 때문에 마을은 항상 활기찼지. 그때가 참 좋았어. 지금은 너무 쓸쓸해. 사람들 입에서 노랫소리가 그쳐 버린 지금은……."

프로방스 지방의 언덕에는 풍차들이 늘어서 있었다. 갓 수확한 밀을 실은 당나귀와 마차들이 풍차를 향해 언덕을 오르는 모습은 장관이었다. 당나귀와 마차에는 밀을 담은 자루들이 그득히 실려 있었다. 풍차가 있는 언덕에는 일주일 내내 마부들의 채찍 소리, 풍차 날개가 돌아가는 소리, 방아 찧는 소리, 방앗간 일을 돕는 젊은이들의 웃음소리가 끊이지 않았다.

일요일 오후가 되면 마을 사람들은 풍차가 있는 언덕을 찾아갔다. 풍차 방앗간을 구경하기 위해서였다. 문을 열어 주는 풍차 방앗간의 안주인들은 여왕처럼 아름다웠다. 그들은 황금 십자가상을 목에 걸고 레이스가 달린 숄을 어깨에 두르고 있었다. 방앗간 주인들은 포도주를 내놓으며 마을 사람들을 반겼다. 우리는 포도주를 나누어 마시며 밀이 가루가 되어 나오는 과정을 구경했다. 언제 보아도 신비로운 광경이었다. 풍차 방앗간은 우리 마을의 자랑이었다. 풍차가 돌아가는 동안 우리 모두는 풍요와 즐거움을 누릴 수 있었던 것이다.

그러던 어느 날, 타라스콩의 큰길가에 이상한 건물이 들어섰다. 파리에 사는 사람들이 타라스콩 큰길가에 증기 제분소를 세웠던 것이다.

"큰길가에 증기 제분소가 들어섰대요."

"증기 제분소가 뭐야?"

"왜 있잖아요. 증기로 밀가루를 만드는 곳 말이에요."

큰길가에 증기 제분소가 들어서자 마을 사람들은 수확한 밀을 증기 제분소로 가지고 갔다.

풍차 방앗간 사람들은 어떻게 해야 좋을지 몰라 발만 동동 굴렀다. 증기 제분소와 맞서 싸워 보려고도 했지만 풍차 방앗간과 증기 제분소는 상대가 되지 않았다.

풍차 방앗간은 마을 사람들에게 외면당하기 시작했다. 프로방스의 자랑이었던 풍차 방앗간은 하나둘씩 문을 닫기 시작했다.

풍차 방앗간의 비극이 시작된 것도 이때부터였다.

론강으로부터 세찬 북풍이 불어왔다. 세찬 바람이 불어와도 풍차는 더 이상 돌아가지 않았다. 밀을 싣고 언덕을 오르던 당나귀의 모습도 보이지 않게 되었다.

생활에 쪼들린 풍차 방앗간의 안주인들은 황금 십자가상을 시장에 내다 팔았다. 풍요의 상징이던 황금 십자가상을 내다 팔고 오면서 그들은 서럽게 울었다.

풍차 방앗간 주인들도 더 이상 포도주를 마시지 않았다.

그러던 어느 날, 면사무소 직원들이 풍차 언덕을 찾아왔다. 면사무소 직원들은 풍차를 모두 헐도록 지시했다. 풍차를 모두 헐어 내고 그 자리에 포도나무와 올리브나무를 심도록 한 것이다.

먹고살 일이 막막했던 사람들은 면사무소 직원의 말대로 풍차를 헐었다. 풍차를 헐어 내고 그 자리에 포도나두와 올리브나무를 심었다. 하얀 풍차가 줄지어 서 있던 언덕은 점차 과수원으로 변하고 말았다.

하지만 모든 풍차가 사라진 것은 아니었다. 포도나무와 올리브나무가 빽빽하게 들어선 언덕 위에 하얀 풍차 한 대가 힘차게 날개를 돌리고 있었다. 유독 한 풍차만이 증기 제분소를 비웃기라도 하듯 힘차게 날개를 돌리고 있었던 것이다.

그 풍차 방앗간의 주인은 코르니유 영감이었다. 영감은 60년 동안 풍차 방앗간 안에 틀어박혀 살았다. 그는 밀을 빻는 일밖에는 아무것에도 관심이 없었다.

큰길가에 증기 제분소가 들어섰을 때 코르니유 영감은 흥분해서 소리쳤다.

"프로방스는 곧 망할 거야. 증기 제분소가 프로방스를 망치고 말

거야."

영감은 온 마을을 휘젓고 다니며 소리쳤다.

"여러분, 증기 제분소에 가지 말아요. 그곳에 가면 안 돼요!"

그는 만나는 사람마다 붙잡고 말했다.

"증기로 밀가루를 만들 수는 없어요. 악마의 장난에 속아서는 안 돼요. 자비로운 신의 숨결로 만든 밀가루, 바람의 힘으로 만든 가루가 진짜 밀가루예요."

코르니유 영감은 풍차 방앗간을 이용해야 한다고 소리 높여 외쳤다. 마을 사람들 모두가 코르니유 영감이 미쳤다고 생각했다. 그래서 그의 말에 귀를 기울이지 않았다.

화가 난 코르니유 영감은 한동안 풍차 방앗간에 틀어박혀 밖으로 나오지 않았다.

"할아버지, 저와 함께 신선한 공기를 쐬러 나가요."

코르니유 영감에게는 손녀가 하나 있었다. 당시 열다섯 살이었던 비베트는 세상에 의지할 사람이라고는 할아버지뿐이었다. 그녀는 일찍이 부모님을 여의고 할아버지 손에서 자랐다.

코르니유 영감은 비베트의 말이라면 무엇이든 다 들어주었다. 영감은 손녀를 몹시 사랑했다. 그런데 어떻게 된 일인지 영감은 비베트를 점점 멀리하기 시작했다. 나중에는 가엾은 비베트를 풍차에서 내쫓았다.

비베트는 이 집 저 집 떠돌아다니며 생활했다. 아이를 돌보고 농사일을 거들고 가축을 돌보며 생활을 꾸려 나갔다. 비베트는 착한 아이였기 때문에 할아버지를 원망하지 않았다.

코르니유 영감은 가끔 비베트를 만나기 위해 먼 길을 걸어갔다.

먼 길을 걸어가 손녀를 만나면 영감은 어린아이처럼 울었다. 손녀가 힘든 일을 하는 것을 보고 마음이 아팠던 것이다. 코르니유 영감은 여전히 비베트를 사랑했다.

"지독한 구두쇠 영감!"

"인정머리 없는 사람 같으니라고!"

마을 사람들은 코르니유 영감을 비난했다. 영감이 지독한 구두쇠여서 어린 손녀를 돌보지 않는다는 것이었다.

"구두쇠 영감의 차림새 좀 봐. 거지나 다름없군."

코르니유 영감은 구멍 난 모자에 누더기를 입고 다녔다. 사람들은 더 이상 영감을 존경하지 않았다. 그의 뒤에서 손가락질을 하는 사람들도 있었다. 영감의 명성은 서서히 바닥으로 떨어졌다.

마을 사람들은 코르니유 영감의 생활에 관심이 많았다. 풍차는 날마다 돌고 있는데 밀을 빻으려고 찾아가는 사람은 보이지 않았다.

밀가루 포대를 실은 당나귀를 끌고 마을에 나타난 영감을 보고 사람들의 궁금증은 더욱 커져 갔다.

"영감님, 안녕하세요? 방앗간은 여전히 잘 돌아가고 있지요?"

"물론이지. 모두 하느님의 은총이라네!"

코르니유 영감은 늘 밝은 목소리로 대답했다.

"도대체 그 많은 일거리가 어디서 들어오나요?"

궁금해서 견딜 수 없다는 듯 농부들이 물었다.

코르니유 영감은 무슨 큰 비밀이라도 있는 듯 주위를 둘러보고는 손가락을 입술에 갖다 대며 말했다.

"쉿! 조용히 해."

"궁금해서 그래요. 그 밀가루는 전부 어디다 쓰죠?"

"모두 다 수출하는 것이라네. 더 이상은 가르쳐 줄 수 없어."

코르니유 영감은 그 이상은 아무 말도 하지 않았다.

마을 사람들 모두가 영감의 풍차에 가 보고 싶어 했다. 하지만 그럴 수 없었다. 코르니유 영감은 사랑하는 손녀 비베트까지도 풍차에 들어오지 못하게 했던 것이다.

코르니유 영감의 풍차 방앗간은 커다란 성과 같았다. 풍차는 날마다 돌고 있었지만 문은 굳게 닫혀 있었다. 마당에서 풀을 뜯어 먹는 늙은 당나귀와 일광욕을 하는 고양이만이 지나가는 사람들의 눈에 뜨일 뿐이었다.

마을 사람들은 풍차 방앗간 옆에 얼씬도 못하게 하는 코르니유 영감을 두고 말이 많았다. 그들은 방앗간 안에 밀가루 대신 수많은 금화가 쌓여 있을 거라고 생각했다.

'코르니유 영감이 금화들을 방앗간에 숨겨 놓았을까?'

모두들 코르니유 영감의 방앗간 속을 궁금해했다.

"아저씨, 피리를 불어 주세요."

"피리 소리에 맞추어 춤을 추고 싶어요."

마을에 축제가 시작되자 젊은이들은 내 피리 소리에 맞추어 흥겹게 춤을 추었다. 그곳에는 코르니유 영감의 손녀 비베트도 있었고, 내 아들 녀석도 있었다. 나는 그들이 서로 사랑에 빠져 있다는 것을 눈치챘다.

나는 마음속으로 코르니유 영감을 존경하고 있었다.

아름다운 비베트와 한 집에서 살게 된다고 생각하니 무척 흥분되었다. 나는 두 사람을 결혼시키기 위해서 코르니유 영감을 찾아갔다.

내가 풍차에 도착했을 때, 영감은 안에 있었다. 하지만 그는 문도 열어 주지 않았다. 내가 찾아온 이유를 설명하자, 영감은 할 일 없으면 집에 가서 피리나 불라고 호통쳤다.

"그렇게 장가가 가고 싶으면 증기 제분소의 딸들이나 찾아가라고 해!"

코르니유 영감이 무례하게 굴었기 때문에 나는 몹시 화가 났다. 나는 화를 삼키며 집으로 돌아왔다. 그리고 오늘 있었던 일들을 이야기했다.

"할아버지가 그럴 리 없어요. 저희들이 직접 찾아가 보겠어요."

비베트와 아들 녀석이 코르니유 영감을 찾아갔을 때 영감은 외출하고 없었다. 그런데 웬일인지, 방아는 온통 먼지를 뒤집어쓰고 있었다.

"할아버지 방에 가 보자."

코르니유 영감이 쓰는 방도 텅 비어 있었다. 낡은 침대와 누더기와 다름없는 옷가지가 그 방에 있는 전부였다.

"저기 자루가 있어."

침대 한쪽 구석에 구멍이 난 자루가 몇 개 놓여 있었다. 비베트는 자루 속에 무엇이 들었는지 궁금해 열어 보았다. 그 속에는 밀가루같이 생긴 하얀 흙이 담겨 있었다.

"이건 석회 가루잖아."

밀가루같이 생긴 하얀 흙, 그것이 코르니유 영감의 비밀이었다. 영감은 풍차의 명예를 지키기 위해 저녁이면 이 흙 부스러기를 하얀 밀가루인 양 당나귀 등에 싣고 끌고 다녔던 것이다.

큰길가에 들어선 증기 제분소가 코르니유 영감의 손님을 다 빼앗아 갔던 것이다. 영감의 풍차는 날마다 커다란 날개를 힘차게 돌리고 있었지만 맷돌은 텅텅 비어 있었다.

그 둘은 눈물을 흘리며 자신들이 본 것을 내게 이야기해 주었다. 나는 아이들에게서 들은 이야기를 마을 사람들에게 해 주었다. 코르니유 영감의 비밀은 이제 온 마을 사람들에게 알려졌다.

"불쌍한 코르니유 영감!"

"우리는 그런 것도 모르고 영감님을 비난했어."

마을 사람들은 불쌍한 코르니유 영감을 위해 밀을 자루에 담았다. 모두가 밀을 영감의 방앗간으로 가져가기로 한 것이다.

"영감님은 어떻게 하고 계실까?"

"이 많은 밀을 보면 깜짝 놀랄 거야."

밀을 실은 당나귀들이 풍차가 있는 언덕에 도착했을 때, 풍차의 문은 활짝 열려 있었다. 코르니유 영감은 풍차의 문을 활짝 열어 놓고 울고 있었다.

코르니유 영감은 외출에서 돌아와 누군가 풍차 안에 들어왔다는 것을 알게 되었던 것이다. 크게 상심한 영감은 흙 자루 위에 쭈그리고 앉아 울고 있었다.

"풍차의 체면이 깎이다니……. 이 일을 어쩌면 좋아?"

코르니유 영감은 우리가 온 줄도 모르고 울고 있었다.

"이제는 죽는 수밖에 없어. 흑흑흑."

몇몇 사람은 영감을 따라 울었다. 나머지 사람은 옛날에 하던 것처럼 외쳤다.

"코르니유 영감님, 밀 좀 빻아 주세요."

마을 사람들은 밀을 풍차 방앗간 앞마당에 쏟아 부었다. 마을 사람들이 가져온 밀이 차곡차곡 쌓이기 시작했다.

코르니유 영감은 울다가 말고 반갑게 달려 나왔다. 영감은 밀을 한 움큼 움켜쥐고 울다가 다시 웃었다.

"밀이다. 밀이야!"

신이 난 코르니유 영감은 소리쳤다.

"모두들 돌아올 줄 알았어. 증기 제분소 놈들은 모두 도둑이라니까!"

우리 모두는 코르니유 영감을 마을로 데려가려고 했다.

"기다려! 내 방아도 뭔가를 좀 먹어 봐야지."

코르니유 영감은 분주히 움직였다. 방아에 쌓인 먼지를 털어 내고 마을 사람들이 가져온 밀을 쏟아 부었다. 방아가 움직이자 조금 후 밀가루가 먼지처럼 피어올랐다.

우리 모두 불쌍한 코르니유 영감을 바라보며 눈물을 글썽거렸다.

그날부터 우리는 코르니유 영감의 풍차에서 일거리가 떨어지지 않도록 했다. 만약 우리가 코르니유 영감의 비밀을 영영 몰랐다면 어떻게 되었을까? 지금 생각해 보아도 그때 우리의 결정은 정말 옳았다는 생각이 든다.

그 일이 있은 후 얼마 지나지 않아 코르니유 영감은 세상을 떠났다. 영감이 죽자 풍차는 더 이상 돌지 않았다. 아무도 그 일을 맡아서 하려고 하지 않았기 때문이다. 할 수 없는 일이다. 모든 일에는 끝이 있는 법이니까.

이제 풍차 방앗간의 시대는 지나갔다.

활동하기

❶ 코르니유 영감에게 일거리를 준 마을 사람들의 행동을 통해 작가가 말하고자 하는 바는 무엇일까요?

❷ 현재 우리 사회에서 코르니유 영감처럼 전통을 지키려고 노력하는 사람들을 찾아봅시다.

❸ 다음은 코르니유 영감의 행동에 대한 상반된 평가입니다. 둘 중 어떤 의견에 동의하는지, 나라면 시대가 변화할 때 어떤 선택을 할 것인지 근거와 함께 써 봅시다.

(가)	(나)
코르니유 영감은 시대의 변화에도 불구하고 끝까지 풍차 방앗간의 가치를 지키고 싶어 했던 인물이야. 전통은 없애 버리기는 쉽지만 새로 만들기는 거의 불가능하니까 끝까지 지키려는 태도가 필요해.	코르니유 영감은 시대의 변화에 적응하지 못한 인물이야. 결말 부분을 보면 영감이 죽자 풍차 방앗간도 영원히 멈췄다고 하잖아. 시대가 변화할 때 재빨리 그 흐름을 파악하고 증기 제분소 같은 새로운 문물을 받아들이는 사람이 되어야 해.

• 동의하는 의견:

• 나의 선택과 그 근거:

📖 다르게 읽기

❹ 다음은 옷감을 만드는 공장이 문을 닫은 후 이를 개조하여 대형 카페로 만든 곳입니다. 사진을 보고 활동해 봅시다.

(1) 위와 같이 옛것의 정감을 살려 새롭게 재탄생한 사례를 더 찾아봅시다.

(2) 코르니유 영감의 방앗간은 영감이 사망한 후 결국 문을 닫습니다. 이 방앗간을 어떻게 바꾸면 좋을지 공간 재창조 아이디어를 내 봅시다.

 작품 해설

풍차 날개처럼 사라져 가는 것들에 대한 애착

전통 방식으로 만든 짜장면이 인기가 많은 이유는 기계에서 뽑아낸 면보다 쫄깃하기 때문입니다. 그러나 이렇게 전통 방식으로 면을 만드는 중국집은 점점 사라지고 있지요. 짜장면뿐일까요? 시대가 급변하면서 사라져 가는 것들은 무수히 많고 이들에 대한 아쉬움을 달랠 시간도 없이 많은 것들이 생겨나고 또 사라져 가고 있습니다.

이 소설의 배경은 프랑스에서 급격히 산업화가 진행되던 1860년대로, 이 시기는 전통 방식과 새로운 방식이 충돌하던 때입니다. 새로운 방식인 증기 제분소에 밀려 전통 방식인 풍차 방앗간이 몰락하던 시기에 끝까지 이를 지키려 한 인물이 코르니유 영감이에요. 많은 사람들이 편리함과 경제성을 좇아 증기 제분소로 몰려가도 그는 굴하지 않고 꿋꿋하게 매일 풍차 방앗간을 돌렸습니다. 밀가루를 빻아 달라고 맡기는 손님이 없는데도 말이죠. 코르니유 영감은 일거리가 떨어졌는데도 일거리가 있는 것처럼 속이며 왜 풍차를 계속 돌렸을까요? 그는 그렇게 해서라도 자신의 자존심과 풍차 방앗간을 지키고 싶었던 거예요. 풍차 방앗간은 그에게 단순히 일이 아니라 평생을 함께한 자신의 동반자이고 사랑하는 가족이며 친구라 할 수 있어요.

다소 놀라운 것은 영감의 비밀이 밝혀진 후 마을 사람들의 반응이에요. 그들은 자신들을 속인 코르니유 영감을 비난한 것이 아니라 오히려 전통을 지키려 했던 영감의 집념에 감동을 받고 자신들의 태도를 반성합니다. 그리고 영감에게 일거리를 가져다주기로 약속하고 그를 돕는 등 따뜻한 면모를 보이고 있어요. 이는 전통을 지키기 위해 노력하는 일 또한 매우 가치 있는 일임을 드러낸 것입니다. 변화의 속도가 너무나 빠른 시대에 우리는 살고 있어요. 새로운 것, 편리한 것이 매일매일 쏟아져 나오는 오늘날 과거의 전통을 이어 나가는 것이 어떤 의미인지, 그 참된 가치를 깨달을 수 있었으면 합니다.

엮어 읽기

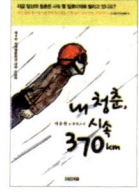

이송현, 『내 청춘, 시속 370km』

이 작품은 사라져 가고 있는 우리나라의 전통문화인 매사냥을 소재로 하고 있습니다. 매잡이 노릇에 빠져 가족을 돌보지 않는 아버지를 둔 동준이 바이크를 사기 위해 아버지의 조수 노릇을 하면서 아버지를 이해하고 자신의 삶을 보듬어 안기까지의 과정을 유쾌하면서도 감동적으로 그렸습니다.

교과서 밖 소설

눈동자

김탁환(1968~)

김탁환 작가는 경상남도 진해에서 태어났습니다. 1994년 『상상』에 평론을 발표하며 문단에 나왔고, 1996년 『열두 마리 고래의 사랑 이야기』를 펴내면서 소설가로서 작품 활동을 시작했습니다. 방대한 자료 조사와 독창적인 상상력을 바탕으로 역사와 현실을 넘나드는 소재를 다룬 작품들을 써 왔습니다. 『불멸의 이순신』, 『나, 황진이』, 『리심, 파리의 조선 궁녀』, 『거짓말이다』, 『살아야겠다』 등을 펴냈습니다.

　'트라우마'라는 말을 들어 본 적이 있나요? 심리학에서는 트라우마를 외부에서 일어난 충격적인 사건으로 인해 발생한 심리적 외상이라고 정의합니다. 전쟁이나 자연재해, 대형 사고와 같은 대규모 참사에서부터 타인에게 당한 신체적, 정서적 학대 모두 트라우마를 일으킬 수 있지요. 트라우마 때문에 극심한 불안이나 공포, 무력감 등의 증상이 나타나 결국 일상생활이 힘들어지는 사람들도 있습니다.
　이 작품 속 주인공은 트라우마를 겪고 있습니다. 그에게 트라우마를 남긴 '그 날'의 일은 무엇일까요? 그가 기억하는 그 날의 이야기 속으로 들어가 봅시다.

 여러분이 누군가를 기억할 때 가장 먼저 떠오르는 건 무엇인가요?

눈동자

● 김탁환 ●

눈동자는 눈의 심장이다.

내가 아는 소설가는 "얼마나 절실하게 질문을 던지는가가 중요하다. 그 질문이 소설을 새로운 끝으로 밀고 간다."라고 칼럼에 적었다. 다음 날 광화문 광장 노란 리본 공작소에서 우리는 마주 앉았다. 함께 리본을 만들며 그에게 말했다. 나를 새로운 끝으로 밀고 가는 원동력은 질문이 아니라 눈동자라고. 소설가는 그게 무슨 소리냐며 따져 물었다. 새로운 질문이라도 발견한 표정이었다.

이 부족한 회고담이 정답은 아니겠지만, 태어나서 처음으로 사흘 꼬박 긴 글을 썼다. 이유는 간단하다. 내게 질문을 던진 소설가의 눈동자 때문이다.

1

나는 눈동자를 수집한다. 눈동자를 도려내 보관하진 않고, 마음에 드는 눈동자를 발견하면 재빨리 수첩에 그린다. 눈 전체를 담지만, 다른 부분을 멋지게 그려 봤자 눈동자를 망치면 모든 것이 무너진다.

내가 아는 소설가는 누군가를 처음 만날 때 손부터 살펴 그 사람을 기억한다고 했다. 내겐 눈동자가 먼저다. 한번 뇌리에 박힌 눈동자는 사라지지 않는다. 눈의 생김새까지 보태지면 잊히는 법이 없다. 언제 어디서 어떤 순간 그 눈동자를 보았는지, 1년이 지나도 '거의' 정확하게 설명할 수 있다. 눈동자를 자주 그리면서 이런 재능이 생긴 것인지, 이런 재능이 있어서 눈동자만을 집중해 그린 것인지 확실하진 않다. 내가 '거의'라는 부사를 붙이는 것은 뜻밖의 실수 탓이다.

 침몰선에서 탈출한 학생들이 병원 소회의실에 모인다는 소식을 접한 것은 우연이었다. 일반인 생존자라고 두 번이나 담당 의사에게 알렸지만 병원은 내게 생존 학생과 만날 기회를 주지 않았다.
 어깨와 팔 그리고 허리 통증을 완화하기 위해, 입원 후 매일 물리 치료실로 갔다. 스위치를 켜면, 팔과 어깨를 감싼 치료기가 불규칙하게 근육들을 압박했다. 허리 아래를 받친 원통 안마기까지 작동하자 몸 전체가 흔들렸다. 솔직히 나는 이런 치료가 몹시 불편했다. 조용한 선방에서 보름만 참선하면 근육통 정도는 저절로 사라질 거였다. 커튼 너머에서 여자 물리 치료사들의 대화가 토막토막 들려왔다.
 "근육 문제가 아니래…… 정신적 쇼크로 목도 뻣뻣하고 허리나 옆구리도 아픈 거래…… 물리 치료로는 효과가 없으니, 내일 2시에 3층 소회의실로 학생들을 모두 모아 놓고…… 이후 치료 계획을 설명할 예정인가 봐……."
 다음 날, 1시 반부터 소회의실 근처를 서성거렸다. 생존 학생들이 병원에 처음 도착했을 땐 기자들이 불쑥불쑥 병실까지 들어와 허락받지 않은 인터뷰를 해 댔다. 학생들이 눈물을 쏟거나 고함을 질러도 기자들은 물러나지 않았다. 오히려 그런 반응들까지 기사화해서

빈축*을 샀다. 학부모들이 정식으로 항의한 뒤에야 기자들의 병실 출입이 봉쇄되었고, 그 바람에 생존자인 나까지 학생들을 만나기 어려워진 것이다. 엄격한 통제 덕분인지, 아니면 생존 학생의 뉴스 가치가 떨어진 탓인지 병원을 찾는 기자들이 지난주부터 눈에 띄게 줄었다. 매일 내게 걸려 오던 인터뷰 요청 전화도 끊겼다.

소회의실 복도는 한산했다. 교수 연구실과 실험실이 3층에 몰려 있어서 평소에도 환자들의 내왕*이 적었다. 엘리베이터에서 내려 회의실로 가려면 복도를 따라가다 오른쪽으로 방향을 한 번 틀어야 했다. 나는 그 꺾인 곳에 기역 자로 놓인 소파에 앉아 기다렸다. 팔꿈치가 쿡쿡 쑤시기 시작하더니, 톱으로 잘라 버리고 싶을 만큼 어깨가 아파왔다. 손바닥으로 어깨와 팔꿈치를 번갈아 누르고 비틀고 흔들고 때렸다. 점심도 먹는 둥 마는 둥 급히 오느라 약을 챙기지 못한 것이다. 진통제 없이는 잠들기 어려웠다. 통증이 허리까지 내려오는 날엔 침대에 앉아 있기도 힘들었다.

다행히 허리는 괜찮았지만 아랫배가 살살 쓰려 오는 조짐*이 불길했다. 침몰선에서 나온 후 단 하루도 설사를 멈춘 날이 없었다. 의사는 스트레스성 장염이라고 했다. 탈수를 막기 위해 링거를 내내 꽂고 다녔다. 설사가 싫어 끼니를 건너뛰니 놀라운 속도로 체중이 줄었다. 침몰선에서 탈출하고 보름 만에 10킬로그램이 가벼워졌다.

학생들을 만나고 싶었다. 누구누구를 구했다고 생색내기 위해서가 아니었다. 설사와 함께 시작된 악몽 때문이다. 꿈의 시작은 언제

* **빈축** 남을 비난하거나 미워함.
* **내왕** 오고 감.
* **조짐** 좋거나 나쁜 일이 생길 기미가 보이는 현상.

나 똑같았다. 수십 개의 눈동자가 허공에서 나를 내려다보고 있었다.

내가 갇힌 곳은 어둡고 시끄러웠다. 거기가 어딘지 단번에 알아차렸다. 발목까지 바닷물이 차올라 왔으니까. 침몰선이었다.

허공에서 흔들리는 눈동자들엔 탈출한 학생들의 눈동자도 있고 희생된 학생들의 눈동자도 있었다. 나는 내가 구한 눈동자들을 확인해 악몽에서 지우고 싶었다. 꿈에 그 눈동자들이 다시 나오더라도, 침몰선에서 탈출시킨 눈동자들이니까, 미안함 없이 바라볼 수 있으리라. 최소한 열 명 정도의 눈동자는 기억해 내리라 여겼다. 눈동자뿐만 아니라 이마와 콧날까지 떠오르는 학생도 있었다.

1시 40분이 지나자 엘리베이터에서 학생들이 내렸다. 발소리만으로도 알아차렸다. 불행이 닥치기 전날 밤 좁은 복도에서 들려오던 바로 그 소리였다. 나는 눈을 크게 뜨고 허리를 꼿꼿이 세운 채 기다렸다. 환자복 차림의 남녀 학생들이 한꺼번에 우르르 방향을 꺾어 내 앞을 지나쳤다. 고개를 숙인 학생도 있고 천장을 올려다보는 학생도 있었다. 아무리 빨리 지나가더라도 눈동자 하나하나를 놓치지 않고 확인했다. 내 머릿속에 사진처럼 선명하게 남아 있는 눈동자들과 맞춰 본 것이다. 그러나 단 한 명의 학생도 불러 세우지 못했다. 내가 기억하는 눈동자들이 아니었다. 이 병원엔 내가 구한 학생이 없는 걸까. 내 악몽을 덜어 줄 눈동자가 하나도 없단 말인가. 실망스러웠다. 생존 학생 75명 중 20명만 이 병원에 입원했으니 그럴 가능성도 전혀 없지는 않았다.

아랫배가 뒤틀려 소파에서 일어섰다. 그 순간 남학생이 뒤늦게 뛰다시피 방향을 꺾었다. 어깨를 부딪쳤다. 나는 겨우 손을 뻗어 그의 팔뚝을 쥐곤 버텼다.

"죄송합니다."

남학생이 꾸벅 허리를 숙인 뒤 고개를 들었다. 그때 나는 눈동자를 보았고 또렷이 그를 기억해 냈다. 침몰선에서 마주친 눈동자 중에서 갈색이 도는 눈동자는 하나뿐이었다.

눈동자엔 감정뿐만 아니라 이야기도 응축된다. 시선을 교환하는 순간 이야기의 봉인이 풀리는 것이다. 0.1초도 되지 않는 찰나에 내가 그의 눈동자에서 되찾은 이야기는 다음과 같다.

처음부터 학생들을 구해야겠다는 마음을 먹진 않았다. 여객선이 침몰할 줄 몰랐던 것과 마찬가지로 우연에 우연이 겹쳐 구조를 시작한 것이다. 겹친 우연을 필연이라고 말하는 이도 있겠다. 내게 배정된 객실은 4층 중앙 우현● 쪽이었다. 4층 선수●였다면 빠져나올 수 있었을까. 5층에 머물렀다면 학생들과 이어질 가능성이 훨씬 줄어든다. 어쨌든 4층 객실에서 화물 기사 세 명과 하룻밤을 보냈다. 바로 옆 객실부터는 수학여행 온 학생들로 가득했다.

학생들은 우현 갑판으로 나와 잡담을 나누며 신나게 웃고 떠들었다. 나는 담배를 피우느라 학생들에게서 멀찍이 떨어졌지만 그들의 대화에 귀를 기울였다. 제주도로 수학여행 가는 고교생의 즐거움을 간접적으로나마 느끼고 싶었다. 가난했던 나는 고등학생 때 수학여행을 가지 못했다. 버스비도 내 손으로 벌어야 할 형편이었다.

밤하늘에 불꽃을 쏘아 올리는 것이 그 밤의 하이라이트였다. 나

● **우현** 배의 뒷부분에서 뱃머리를 향하여 오른쪽에 있는 배의 가장자리 부분.
● **선수** 배의 앞부분.

는 불꽃놀이까지 따라가진 않았다. 교사들이 학생들을 챙기기 시작할 즈음 객실로 돌아왔다. 나보다 연상인 화물 기사들과 카드를 돌려 훌라를 몇 판 치곤 일찍 잠자리에 들었다.

다음 날엔 느긋하게 눈을 떴다. 벌써 3층 식당에서 아침을 먹고 올라온 학생들로 복도와 계단이 시끄러웠다. 나는 3층으로 내려가 식사를 한 뒤 담배를 피우려고 4층 갑판으로 자리를 옮겼다. 배가 선회하며 기울기 시작한 것은 담뱃불을 붙이고 첫 모금을 내뿜는 순간이었다. 너무 놀라 난간을 붙잡고 담배 연기를 삼키는 바람에 사레가 들려 한참을 컥컥댔다.

배가 좌현으로 기울었지만 움직이지 못할 정도는 아니었다. 사고 소식을 회사에 알리려고 객실로 서둘러 돌아갔다. 핸드폰을 침대에 두고 온 것이다. 객실로 들어서는 순간 배가 조금 더 기운 듯싶었다. 화물 기사들이 이 정도면 45도가량 되겠다고 했다. 마침 내 핸드폰에 기울기를 측정하는 애플리케이션이 있어서 재 봤더니 정확히 45도였다. 가만히 있으라는 방송도 나왔다. 슬리퍼를 벗고 운동화로 갈아 신는데, 화물 기사가 구명조끼를 내밀었다.

"입어야 돼요?"

"45도면 심각한 수준이야. 입어 둔다고 손해날 건 없지."

구명조끼를 입고 간단한 옷가지와 필기구만 챙겨 넣은 백팩을 등에 졌다. 무거운 짐들은 승선할 때 모두 싼타페에 실었다.

그날 처음 인천발 제주행 여객선을 탔다. 비행기로 제주 출장을 오간 적은 두 번 있었지만, 관련 물품을 싼타페에 가득 싣고 인천 연안 부두로 간 처음이었다. 여기서 내 직업을 간단히 밝히자면, 간판 디자인과 설치를 하는 회사 직원이다. 디자인은 내 업무가 아니고,

건물 안팎의 간판 부착만 10년 가까이 해 왔다. 제주 출장도 간판을 달기 위해서였다. 새롭게 디자인한 간판이 싼타페에 실렸고, 설치를 도울 인부들이 제주에 대기 중이었다. 인천에서 배가 두 시간 반이나 늦게, 그러니까 저녁 9시에 출항한데다 또 이렇게 진도 근처에서 멈췄으니, 아무래도 제주에서 오전 작업을 진행하긴 어려울 듯했다. 마음이 초조해지자 담배 생각이 커졌다. 전화도 할 겸 복도로 나와 우현 갑판으로 걸어갔다. 객실에서 고개만 내민 학생도 있고 복도로 나와 등을 기대고 선 학생도 있었다. 가만히 있으라는 방송이 다시 나왔다. 학생들은 얼굴을 찡그리면서도 안내 방송에 따랐다.

처음 기울었을 땐 출입이 자유롭던 우현 출구가 머리 위로 꽤 높이 올라가 버렸다. 출구 옆 샤워실 문틀을 껑충 뛰어 잡은 후 올라섰고, 거기서 다시 출구로 팔을 뻗어 갑판으로 올라갔다. 맨손으로 출구를 나온 마지막 시점이었다. 회사에 전화를 걸어 상황 보고를 했다. 회사에선 다른 직원을 제주도로 급파하겠으며, 배가 육지로 무사히 이동하면 곧장 귀경하라는 지시를 내렸다. 그때까지만 해도 인천과 제주를 오가는 대형 여객선이 침몰하리라곤 그 누구도 예상하지 못했다. 전화를 끊고 담배를 피워 물었다.

하늘에서 굉음이 들려 고개를 들었다. 저공비행하는 헬기가 보였다. 헬기 밖으로 두 발을 내놓고 걸터앉은 해경이 촬영에 열중하는 것을 보며 솔직히 조금 마음을 놓았다. 사진 찍을 여유가 있으니 위급한 상황까진 아니라고 판단했던 것이다.

출구 아래 복도가 시끄러웠다. 40대 중반쯤 됐을까. 갑판으로 나오고 싶은 사내가 고함을 지른 것이다. 그 사이 배는 더 기울었고, 높이뛰기 선수라도 출구로 기어올라 갑판으로 나오는 것은 불가능해 보였다. 내가 고개를 내밀자 사내는 바깥 상황부터 물었다. 구조 헬기가 왔다고만 답했다. 사내는 잠시 사라졌다가 커튼을 찢어 가지고 왔다. 내게 던져 붙들게 했다. 내가 두 발로 버티며 커튼을 당기자, 사내는 벽을 발로 밀며 암벽을 타듯 올라왔다. 학생들과 어른들이 출구 아래로 더 모였다. 커튼은 물론이고 소방 호스까지 내려 허리에 묶도록 했다. 커튼과 호스를 당겨 한 사람씩 끌어 올렸다.

나는 호스를 내리며 복도를 살폈다. 남학생 하나가 순서를 양보하며 여학생들 허리에 먼저 호스를 묶는 것이 보였다. 여학생들이 울먹이자 침착하게 다독이기까지 했다. 배는 더 많이 기울었고, 가만히 있으라는 방송도 더 자주 나왔다. 나는 끝까지 양보만 하는 남학생이 마음에 걸렸다. 호스를 내려도 붙잡지 않았다. 아래를 보며 큰 소리로 물었다.

"왜 그래? 서둘러."

힘없는 목소리가 뚝뚝 끊겨 겨우 올라왔다.

"못 하겠어요…… 손에 힘이 없어……."

잠시 어둠을 내려다봤다. 내가 잡았던 샤워실 문틀을 향해 몸을 기울였다. 뒤에 있던 사내가 어깨를 당겼다.

"뭐하는 짓입니까?"

그 손을 뿌리치곤 말했다.

"호스나 꽉 잡아 줘요."

사내의 다음 말을 듣지도 않고 호스를 붙잡곤 선내로 몸을 던졌다. 다시 복도로 내려간 나는 웅크려 떠는 남학생을 일으켜 세웠다. 그 순간 그 학생의, 갈색이 도는 검은 눈동자를 보았다. 그는 양손을 힘없이 들어 보였다.

"손가락 열 개가 꼼짝도 안 해요."

손가락을 다쳐 호스를 못 쥔 것이다. 급히 그의 허리에 호스를 둘러 묶은 뒤 고개를 들고 소리쳤다.

"올려!"

허공으로 떠오른 학생이 나를 내려다봤다. 젖은 눈동자를, 다시 내 맘에 품었다.

이렇게 침몰선에서 두 번이나 마주쳤기에, 나는 곧바로 그 눈동자를 알아차린 것이다.

"나 기억하지? 4층 복도에서 널 묶어······."

소회의실에서 간호사가 복도로 나왔다.

"어서 와요. 시작합니다."

남학생은 내 얼굴을 뚫어져라 쳐다보다가 화를 버럭 냈다.

"안 속아! 이제 환자복까지 입고 잠입 취재합니까? 도대체 뭘 더 알려고 그래요? 너무 심한 짓 아닙니까?"

돌아서서 성큼성큼 회의실로 들어가는 남학생의 뒷모습을 쳐다보았다. 입맛이 썼다.

눈동자 수집가는 시선 전문가이기도 하다. 거울처럼 마주 보는 눈동자들의 다양한 움직임에 정통●하다는 뜻이다. 구면인 사람에게 보내는 시선과 처음 만난 이에게 던지는 시선을 구별하는 것은 기초 중의 기초다. 방금 남학생이 내게 보낸 시선은 초면끼리만 나눌 수 있는 것이다. 침몰선에서 그의 몸을 호스로 묶은 사람이 나라는

● **정통** 어떤 사물을 깊고 자세하게 앎.

사실조차, 그는 모른다.

'거의'라는 부사를 붙일 수밖에 없는 실수담은 여기까지다. 되돌아 짚어 봐도 왜 이런 일이 벌어졌는지 납득하기 힘들다. 병원에선 실수를 만회할 길이 없었다. 그 후로도 생존 학생들과 만날 기회를 엿보았지만, 퇴원할 때까지 행운은 찾아오지 않았다.

2

실수담만 털어 놓으면 내 실력을 의심할 수도 있겠다. 다시 강조하지만 나는 눈동자 수집가이며 시선 전문가다. 내가 아는 소설가까지 포함하여 내게 조금이라도 관심이 있는 사람들은 묻는다. 일반인 생존자 중에서 왜 유독 당신만 유가족과 함께 사생결단• 단식까지 감행하였느냐고. 다른 일반인 생존자와 당신의 차이점이 무엇이냐고. 그 질문에 답하기 위해서라도, 나는 다시 눈동자로 돌아가야 한다.

처음부터 광화문 광장과 안산 합동 분향소로 갔던 것은 아니었다. 오히려 두 곳만은 피해 다녔다. 그곳엔 희생 학생들의 영정 사진이 있고, 그 사진엔 학생들의 눈동자가 있다. 그 눈동자들을 쳐다볼 용기가 나지 않았다. 또 하나 그곳엔 희생 학생들의 엄마 아빠가 있다. 그들에게 과연 내가 무슨 말을 건넬 수 있을까. 20명 남짓 학생과 일반인을 구출했지만, 그보다 몇 배 많은 이들을 구하지 못했다. 그리고 그곳엔 내가 구한 학생들 부모는 없고 내가 구하지 못한 학생들 부모만 가득하다.

8개월 만에 복직했다. 악몽과 설사 그리고 어깨와 팔과 허리 통증

• **사생결단** 죽고 사는 것을 돌보지 않고 끝장을 내려고 함.

은 여전했지만 일상을 꾸려 가기로 마음먹었다. 장기 입원은 약물 의존도만 높였다. 수면제와 지사제와 진통제는 고통을 일시적으로는 줄였지만 삶을 향한 의지를 뭉텅뭉텅 깎아 내리기도 했다. 악몽으로 인한 수면 장애를 호소하자 담당 의사는 완전히 격리된 병원으로 옮기는 것이 어떻겠느냐는 의견을 조심스럽게 냈다. 정신 병원을 뜻했다. 그것만은 받아들일 수 없었다. 안산이나 광화문으로 직접 가지는 못하더라도 침몰선과 유가족들에 대한 기사를 매일 휴대폰으로 찾아 읽었다. 그것조차 못한다면 하루도 버티지 못할 것 같았다.

일상은 일상대로 만만하지 않았다. 10년 베테랑답지 않게 실수가 잦았다. 간판을 달기 위해 출장을 나가면 그곳의 화장실 위치부터 확인했다. 한두 시간 일하는 와중에도 화장실을 들락거렸다. 그리고 자주 공구를 떨어뜨렸다. 분명히 힘껏 쥐고 있다 여긴 망치며 가위며 못이 깜빡하는 사이에 사라졌다. 고함 소리에 내려다보면, 사다리를 붙들며 보조하던 인부들의 성난 눈동자가 보였다. 그중 한 사람은 떨어진 망치에 엄지발가락이 부러지기도 했다.

병원에선 어깨와 팔의 통증 때문에 쥐는 힘이 고르지 않아서라고 진단했다. 나는 업무 중엔 통증을 느낀 적이 없다고 반박했다. 일에 집중하면 그럴 수 있다며, 의사는 내 집중력이 일반 성인 평균보다 세 배 이상 높다는 수치까지 제시했다. 무엇인가에 집중하면 소리도 들리지 않고 머무는 장소도 잊지 않느냐는 질문을 받고서야, 나는 눈동자를 그릴 때면 지극한 고요로 빠져든다는 사실을 깨달았다. 인적이 드문 산사나 숲을 찾지 않더라도, 시끌벅적한 버스 정류장이나 전철역에서도 작업이 가능했다. 눈동자를 그리는 동안 팔이 저리거나 눈이 침침하거나 허리가 뻐근한 적이 있었던가. 30분은 보통이고 두

세 시간 넘게 눈동자를 그리더라도 통증 때문에 중단한 적은 없었다.

잦은 설사와 공구를 떨어뜨리는 실수도 문제지만, 가장 심각한 문제는 간판을 달기 위해 높은 곳에 올라서는 일 자체였다. 고소 공포증을 앓았다면 간판 설치를 직업으로 삼지 못했을 것이다. 겁이 정말 없다는 소릴 들을 정도로 고공(高空)에서조차 두려움이 적었다. 번지 점프를 즐겼고, 절벽 아래에서 불어 올라오는 바람을 코끝에 맞을 때까지 나아가는 사람이 바로 나였다.

복직한 후로는 사다리에서 내려다보는 것도 힘들었다. 어지러워서가 아니다. 오히려 예전보다 지상이 더 또렷하게 보였다. 문제는 내가 아래를 무척 오래 쳐다본다는 점이다. 거기까지 올라간 이유는 간판을 설치하기 위해서이니, 재빨리 손을 놀리는 것이 중요했다. 그런데 사다리에 올라서선 작업은 시작도 않고 높이부터 가늠했다. 낯선 목소리가 바람처럼 내 등을 밀었다. '여기서 뛰어내리는 건 어떨까?'

10년 동안은 사다리에서 떨어지지 말아야겠다는 생각만 했지, 뛰어내릴 마음을 먹은 적은 없었다. 사다리로는 높아 봐야 3층을 넘지 않았다. 옥상에서 줄을 내려 오르내림이 가능하도록 매단 작업 상자에서도 이런 마음이 든다면?

넉 달 뒤 바로 그 작업을 하게 되었다. 15층 빌딩의 7층에 있는 병원 간판을 교체하는 작업이었다. 안전모를 쓰고 안전줄을 허리에 매고 옥상에서 작업 상자를 탄 채 7층까지 내려갔다. 고개를 들었다. 구름 한 점 없는 푸른 하늘이었다. 망치를 쥐고 못질을 시작했다. 첫 번째 못이 박히지 않고 구부러져 튀면서 아래로 떨어졌다. 못이 바닥에 닿자마자 질문이 튀어 올랐다. '뛰어내릴까?'

자초지종을 들은 담당 의사는 당분간 간판 설치를 쉬고 높은 곳에 올라가지 말라고 했다. 자살 충동이 심하니 다시 입원 치료를 받으라는 것이었다. 직장에 사직서를 냈지만 병원으로 돌아가진 않았다. 병실에 갇히면 영원히 약물에 의지해 살 것 같았다. 종종 다니던 산사가 몇 군데 있었지만, 이번엔 도심 한가운데 피안사(彼岸寺)를 택했다. 평지보다 높은 산길은 최대한 피하고 싶었다.

새벽부터 108배를 하고 한 시간 남짓 정좌했다가 나오는 길에 눈동자를 발견했다. 대웅전 앞마당에서 합장하며 지나친 40대 후반 여인의 눈동자였다. 나도 그녀도 그 순간이 첫 만남이었다.

앞마당에서 기다렸다. 그녀는 대웅전에서 금방 나오지 않았다. 가만히 돌계단을 올라 문틈으로 그녀를 엿보았다. 여인은 내가 108배를 한 그 자리에서 계속 절을 하고 있었다. 물 한 모금 마시지 않고, 아침 8시부터 저녁 6시까지, 꼬박 열 시간을 절했다. 절을 한 횟수는 지금도 모르지만, 횟수 따윈 중요하지 않다. 열 시간 계속 절을 한다는 것은 너무나도 간절한 바람이 있거나 몹시 잊고 싶은 무엇이 있다는 뜻이다.

그녀는 해가 뉘엿뉘엿 질 때야 비로소 대웅전을 나왔다. 천천히 돌계단을 내려와선 잠시 하늘을 올려다봤다. 어둠에 맞서 마지막까지 버티던 붉은 기운이 얼굴을 가득 덮었다. 피안사를 벗어나 버스 정류장까지 걸어갔다. 나는 몰래 뒤따르며 그녀의 휘청대는 두 다리를 살폈다. 열 시간이나 절을 했으니 몸이 천 근 만 근 무거울 것이다. 버스를 탈 것이 아니라, 피안사에서 하룻밤을 보내거나 택시를 불렀어야 했다. 그렇다고 내가 그녀에게 버스 대신 택시를 타시라 권할 수는 없는 노릇이었다. 그녀는 버스를 기다렸다가 탔고 나도 뒤따라 올랐다. 일곱 정거장 만에 내린 그녀는 이번엔 전철에 몸을 실었다. 마침 퇴근 시간대라 빈자리가 없었다. 지하철이 고잔역에 닿을 때까지 한 시간을 더 서서 갔다. 역을 나온 그녀는 다시 버스를 탔다. 108배를 한 내가 지쳐 입에서 단내가 날 정도였다. 여덟 정거장이나 더 가서 그녀가 내렸다. 급히 따라 내리는데, 그녀가 가던 걸음을 멈추고 돌아섰다. 내 얼굴을 쳐다보며 물었다.

"누구시죠? 피안사부터 따라오셨죠?"

미행을 들킨데다, 갑작스런 질문을 받곤 속마음을 그대로 내비치고 말았다.

"사실은…… 눈동자…… 때문입니다."

"눈동자요? 눈동자가 어쨌게요?"

다른 빛깔이 전혀 섞이지 않은 블랙홀의 중심 같은 눈동자! 질문을 피하기도 어려웠다.

"제가 아는 눈동자라서요."

"난 그쪽 몰라요. 우리가 만난 적 있나요?"

"처음 뵀었습니다. 오늘, 피안사에서."

그녀의 얼굴이 일그러졌다. 오늘 처음 만난 사람이, 나를 아는 것도 아니고 내 눈동자를 알고 있다니 말이 되지 않는다. 두려움이 두 눈에 드리웠다. 20미터 앞에 파출소 불빛이 환했다. 이 동네에 사는 그녀로선 친숙하고 가까운 피난처였다. 그녀가 몸을 돌리려는 순간 내가 말했다.

"4월 16일에……."

그녀가 돌아봤다. 나는 이 기회를 놓칠 수 없었다.

"저도 그 배에 있었습니다. 거기서 그 눈동자를 봤습니다. 완전히 일치하진 않지만, 천 가지 요소 중 겨우 하나만 살짝 다른 눈동자,

그 눈동자 때문에 여기까지 온 겁니다. 미리 말씀드리지 못해 죄송합니다. 어떻게 말씀드려야 할지 저도 몰라서……."

그녀가 휙 고개를 돌리곤 앞서 걸었다. 파출소가 점점 가까워졌다. 나는 머뭇대며 서 있었다. 치한으로 신고라도 할 작정인가. 파출소 앞에 도착한 그녀가 돌아섰다. 오른팔을 들어 쓸어 당기는 시늉을 했다. 서둘러 오라는 것이다. 나는 마른침을 꼴깍 삼키고 다가갔다. 파출소를 등지도록 나를 세운 뒤, 그러니까 파출소 불빛을 얼굴 전체에 받으며 내게 말했다.

"다시 잘 보세요. 정말 이 눈동자가 맞아요?"

턱을 앞으로 빼고 허리를 살짝 숙이며 눈동자를 살폈다. 볼 필요도 없었다. 천 분의 일의 차이까지 이미 파악했으니까. 그래도 믿음을 주기 위해 보는 시늉을 했다.

"틀림없습니다."

"따라오세요."

여인이 돌아서서 저만치 앞서 걷기 시작했다. 나는 90도로 고개를 돌려 파출소를 살폈다. 순경 두 사람이 창가에 서서 우리를 쳐다보고 있었다. 그녀가 손짓만 해도 당장 달려 나와 제압할 듯이.

현관으로 들어선 그녀는 거실부터 환하게 불을 밝혔다. 부엌과 현관 사이 방문을 열곤 형광등을 또 켰다. 나는 신발을 벗고 천천히 거실을 가로질러 방 앞에 섰다. 정면에 책상이 놓였고 크고 작은 사진들이 벽 하나를 가득 채웠다. 이 방 주인의 짧은 일생이 담겨 있었다. 침몰선에서 만났던 바로 그 눈동자였다. 두 다리가 흔들려 도저히 서 있기가 힘들었다. 천천히 무릎을 꿇었다. 그녀가 사진을 쳐다보며 물었다.

"우리 봄이 얘길 해 주세요. 그 애의 마지막을 듣질 못했어요. 다른 애들은 문자도 보내고 통화도 했다는데, 봄이에겐 연락이 없었어요. 나중에 통화 기록도 조회하고 문자도 확인해 봤지만, 역시 없었어요. 꿈에라도 와서 설명해 달라고, 친정 근처 피안사에 기도하러 갔던 거예요. 봄이를 봤어요? 정말 그 배 안에서 본 애가 우리 봄이가 맞아요?"

그래서 나는 봄이 엄마에게 내가 본 눈동자 이야기를, 자정을 넘어서까지 했다. 길게 이야기하는 동안, 사진 속 봄이 눈동자가 우리를 줄곧 내려다봤다. 사실 나는 그 눈동자의 여학생 이름이 봄, 외자란 것도 몰랐다. 눈동자만 파악하면 이름 따윈 관심이 없었다. 이름만큼 그 사람과 차이가 나는 것도 없으니까. 이름과는 달리, 눈동자는 곧 그 사람이다.

남학생을 우현 갑판으로 먼저 올린 뒤, 하마터면 복도에서 나오지 못할 뻔했다. 배가 너무 많이 기울어 호스를 내려도 내게 닿지 않았던 것이다. 이리저리 춤추듯 흔들리는 호스를 겨우 달려들어 붙잡았다. 허리에 묶을 틈도 없었다. 갑판 위에서 호스를 잡아당겼다. 그때 내가 호스를 놓쳤다면, 추락하여 크게 다쳤을 것이다. 어깨와 두 팔이 끊어질 듯 아팠지만 안간힘을 다해 매달렸다. 갑판으로 먼저 탈출한 이들이 보이지 않았다. 헬기를 타기 위해 이동한 것이다. 호스를 제 몸에 묶어 나를 끌어 올려 준 사내와 눈이 마주쳤다. 우리는 누가 먼저라고 할 것도 없이 침몰선 4층 중앙홀 우현 출구로 옮겨 갔다. 열린 문으로 고개를 내밀고 아래를 살폈다. 3층에서 4층으로 이어진 계단이 있고, 그 주위로 홀이 제법 넓었다. 호스를 내려다섯 명을 우선 끌어 올렸다.

호스를 내리며 다시 아래를 살폈다. 여학생들이 계단 난간 유리관 위에 서 있었다. 내가 소리쳤다.

"얘들아! 거기서 물러나. 유리가 깨질지도 몰라."

여학생들이 고개를 들어 나를 발견하곤 유리관에서 비켜섰다. 그 중 한 학생과 눈이 마주쳤다.

"넌 왜 구명조끼를 안 입었어?"

"친구 줬어요."

서둘러 내 구명조끼를 풀려고 했다. 그런데 허리를 묶은 끈이 너무 꽉 조여 풀리지 않았다. 쿵쾅대는 소리와 함께 배가 급격하게 기울었다. 우현 복도에서 나를 끌어 올렸던 사내가 물러서며 고개를 저었다. 이미 늦었다는 뜻이다. 나는 고개를 돌려 홀을 내려다봤다. 구명조끼를 입지 않은 여학생과 또 시선이 닿았다. 그녀가 올려다 보며 떨리는 음성으로 울먹였다.

"아저씨! 난 어떻게 해요?"

조금만 기다리면 해경 구조대가 와서 전부 구할 테니 안심하고 있으라고 말해 주고 싶었다. 구할 방법이 더 이상 없다고, 솔직하게 답하긴 죽기보다 싫었다. 아무 말도 못한 채 그 여학생의 눈동자만 봤다. 빨려 들어갈 듯 크고 둥근 어둠이었다.

"아!"

갑자기 그녀가 고개를 숙이더니 주변을 살폈다. 순식간에 물이 발목까지 차올라 왔던 것이다. 발목과 허리까지 물에 잠길 때도 계속 나만 올려다봤다. 나는 말하고 싶었다. 말해야만 했다. 그러나 끝내 말할 수 없었다. 내 눈물이 선내로 떨어져 그녀의 눈에 닿았다. 그녀가 손등으로 눈을 훔쳤다. 나도 손등으로 눈물을 닦으며 울먹였다. 입술로 나가지 않은 말들이 송곳처럼 잇몸과 혀를 찔러 댔다. 미안하다. 정말 미안해!

그녀가 눈을 닦은 오른손을 나를 향해 뻗었다. 그 손을 잡고 끌어 올릴 수만 있다면…… 나는 그녀에게 손을 뻗을 수 없었다. 뻗어도 뻗어도, 기적은 일어나지 않을 것이다. 침몰선에서 구조되지 않은 승객의 최후가 코앞까지 다가온 것이다. 내가 할 수 있는 일이라곤 그녀를 내려다보는 것뿐이었다. 그녀의 눈동자를 내 눈동자에 담는 것뿐이었다. 그 순간 세찬 물살이 그녀를 휩쓸어 덮었다.

등을 벽에 붙인 채 버텼다. 그렇게 밀착시켰는데도 상체가 자꾸 튕겨 틈이 벌어졌다. 배가 90도 넘게 기울었을 땐, 내 몸이 밀리면서 선내로 떨어질 뻔했다.

배가 반원을 그리며 완전히 뒤집혀 침몰하기 직전, 승객들이 우현 갑판으로 몰려나오기 시작했다. 허리를 굽히며 문을 향해 더 가까이 붙었다. 그 순간 작은 눈동자가 보였다. 급히 팔을 뻗어 붙잡아 당겼다. 다섯 살쯤 된 여자아이였다. 아이를 품에 안자 바닷물이 문 밖으로 뿜어 나왔다. 어느새 내 이마까지 물이 차 버렸다. 나는 급히 아이를 머리 위로 올렸다. 아이는 수면 위에 있지만 그 무게 때문에 내 몸은 수면 아래로 잠겼다. 바닷물을 네댓 모금 마신 뒤, 나는 무릎을 굽혔다가 바닥을 박차고 튀어 올라 고개를 내밀며 힘껏 외쳤다.

"여기, 아이! 받아!"

그리고 나는 다시 수중으로 내려갔다. 누군가 내 손에서 아이를 채 갔다. 그와 동시에 내 머리가 다시 수면 위로 올라왔다. 승객들은 급히 다가온 어선들을 발견하곤 바다로 뛰어들었다. 어선에서 줄을 던져 줬고, 나 역시 그 줄을 잡고 침몰선을 떠나 구출되었다.

봄이 엄마에게 용서를 빌었다. 내가 구명조끼를 벗어 던져 줬더라면, 봄이에게 탈출할 기회가 더 있지 않았을까. 봄이 엄마는 내 손을 꼭 잡곤 그런 생각 말라고, 봄인 친구를 무척 좋아한 아이였으니 분명 자기 구명조끼를 친구에게 양보했을 거라고. 봄이가 살아 돌아오지 못한 것은 결코 내 잘못이 아니라고, 오히려 나를 위로했다. 봄이 눈동자를 잊지 않고 기억했다가 이렇게 먼 길을 따라 와서, 하나뿐인 딸의 마지막 순간을 들려줘서 고맙다고까지 했다. 그 집을 나와 계속 걸었다. 걷는 것 외에 달리 무언가를 할 수 없었다. 서울에 닿을 때까지, 걸음걸음 미안함이 미역 다발처럼 휘감겼다.

내가 아는 소설가를 포함하여 많은 이들이 거듭 물었다. 왜 당신은 3차 청문회에 생존자 대표로 참석해서 발언까지 했냐고. 당신처럼 행동하는 일반인 생존자는 없지 않냐고. 나는 그 질문의 답을 마무리 발언에서 이미 밝혔다. "아저씨, 난 어떻게 해요?"라는 질문에 답을 못해서라고, 이제 안전한 국가가 되었으니 마음 편히 기다리면 전원 구조될 것이라고 답할 수도 없고, 이 나라는 안전하지 않으니까 자기 목숨은 자기가 알아서 지키라고 답할 수도 없어서라고.

3

회고담을 읽은 소설가는 보름 후 광화문 광장에서 이렇게 말했다.
"결국 당신도 질문을 붙들고 여기까지 온 거네요. 당신이 들려준 눈동자 이야기가 흥미롭긴 하지만, 봄이의 질문만큼 위력적이진 않죠."

소설가의 의기양양한 기분을 망칠 뜻은 없었지만, 바로잡을 것은 바로잡아야 했다. 회고담을 메일로 보내고 일주일 뒤, 그 글을 고칠까 잠깐 고민했다는 이야기로부터 운을 뗐다.

"퇴고할 문장이라도 있었나 보네요. 늘 그렇죠. 아무리 고쳐도 마음에 들지 않는 녀석들이 꼭 나오거든요."

"그게 아닙니다. 실수담 전체를 바꿔야 했습니다만, 너무 번거로울 것 같아 그만뒀습니다. 직접 만나 말씀드리는 편이 낫다는 생각도 했고요."

"실수담을 전부 바꾼다고요? 어떻게요?"

그래서 나는 다시 눈동자 이야기를 꺼냈다.

3차 청문회를 마치고 일주일 뒤 광화문 광장으로 향했다. 9일 동안 단식을 했으니, 당분간은 미음으로 보식•을 하며 속을 다스려야 했다. 어떤 청년이 나를 찾는다고 했다. 노란 리본 공작소 밖으로 나서는 순간 그를 알아보았다. 나로 하여금 실수담을 적게 만든, 갈색이 도는 눈동자의 남학생이었다. 그날로부터 2년이 흐르는 동안, 그는 고등학교를 졸업하고 대학에 진학했다. 나는 또 알아차렸다, 나를 보는 시선이 달라졌음을. 젖은 감정과 이야기들이 출렁거렸다. 첫 만남 때의 냉랭한 시선과는 차이가 컸다. 허리 숙여 내게 인사했다.

"고민석이라고 합니다."

엷은 눈인사로 받았다. 먼저 말을 건네지 않고 기다렸다. 그가 찾아온 것은 내게 할 말이 있다는 뜻이니까.

"눈동자가 기억났습니다. 아저씨가 청문회에서 말씀하시는 걸 봤

• **보식** 좋은 음식을 먹어서 원기를 보충함.

거든요. 전체를 다 보진 못했고, 페이스북에 편집되어 올라온 거였습니다. 제가 침몰선 4층 우현 복도에서 아저씨에게 던진 질문을 옮기시더군요. '아저씨, 난 어떻게 해요?'"

말꼬리를 낚아채는 내 목소리가 떨렸다.

"그걸 네가 물었다고?"

청문회에선 긴장한 나머지 준비한 이야기를 충분히 풀어놓지도 못했다. 질문한 이가 강봄이란 걸 밝히지도 않고 그냥 학생이라고만 했다. 그런데 침몰선에서 똑같은 질문을 내게 던진 학생이 더 있었단 말인가.

"객실에 머물다가 복도로 나간 순간부터 헬기 구조 바구니에 타는 순간까지, 전혀 기억이 나지 않았어요. 병원에서 상담도 받아 봤지만, 그 부분만 새하얗더라고요. 한데 질문하는 아저씨 목소릴 듣고 아저씨 눈동자를 보는 순간, 복도에서 아저씨와 단둘이 있는 장면이 떠올랐습니다."

최대한 부드럽게 물었다.

"그 질문을 받고 그때 내가 뭐라고 답했지?"

"정신 똑바로 차리라고 따끔하게 혼을 내셨어요. 손가락이 움직이지도 않았고, 여학생들 탈출을 돕느라 몹시 지치기도 해서, 정말 쓰러지기 직전이었습니다. 야단을 맞으니 정신이 번쩍 들었어요. 용기를 불어넣어 주셨습니다. 걱정 말라고, 아저씨만 믿으라고. 호스로 제 허리를 꽉 묶어 주셨고요. 고맙습니다."

다시 한 번 확인하고 싶었다.

"고민석이라고 했지? 민석아! 자 내 눈동자를 똑바로 봐. 그때 침몰선에서 네가 질문했던 사람이 내가 맞아?"

민석은 정면에 서서 다시 나를 뚫어져라 바라봤다. 나라면 살피는 시늉이라도 했겠지만, 민석은 확신을 잠시라도 늦추지 못하는 스무 살이었다.

"틀림없습니다! 그런데 이 눈동자를 페이스북으로 처음 본 건 아닙니다."

"그건 또 무슨 소리야?"

"자꾸 꿈에 나왔거든요. 산봉우리에도, 아파트 옥상에도, 학교 담벼락에도 이 눈동자가 보였어요. 너무 뜨겁고 날카로워 무섭다고만 생각했습니다. 알고 보니 아저씨 눈동자였어요. 저를 탈출시키려고 일부러 성난 눈동자로 노려보신 겁니다. 이 눈동자 맞습니다. 이 눈동자가 저를 살렸습니다."

민석과 헤어진 다음 날, 나는 짧은 동영상 하나를 자원봉사자를 통해 받았다. 탈출 직전 내 모습이 담겨 있다고 했다. 배가 완전히 뒤집히기 직전 우현 갑판으로 몰려나온 승객들이 보였다. 그 속엔 내가 머리 위로 들어 올렸다가 다른 이에게 건넨 여자아이도 있었다. 다른 승객들은 어선에 올라타기 바빴는데, 나만 홀로 떨어져 비틀비틀 걸으며 이미 바닷물이 들어찬 선내로 고함을 질러 댔다. 마지막으로 다가선 어선이 경적을 울리고서야 나는 바다로 뛰어들었다.

어선에서 던져 준 줄을 잡은 순간부터는 기억이 또렷했다. 그러나 여자아이를 건네고 나서 혼자 걸어 다녔다는 사실은 전혀 몰랐다. 민석처럼 내게도 침몰선에서 끊긴 기억이 있음을, 영상을 통해 처음 확인한 것이다. 사정이 이러하므로, "아저씨, 난 어떻게 해요?"라는 질문을 오직 봄이에게만 들었다고 확신하기 어렵다. 침몰선에서 구조를 기다리던 학생이라면 누구나 나를 비롯한 어른에게 묻고 싶었으리라. 민석을 묶어 출구로 먼저 올려 보낸 후 배가 조금 더 기울자, 이곳을 탈출하지 못할지도 모른다는 두려움이 온몸을 눌렀다. 그 공포심이 민석과 나눈 대화까지 지웠을 수도 있다.

민석과의 만남은 내게 새로운 힘을 주었다. 눈동자에 대한 믿음을 더 확고히 하는 방향으로! 민석을 만나기 전까진 타인의 눈동자에만 관심을 가졌다. 생존자의 눈동자든 희생자의 눈동자든 잊지 않고 기억하고자 했다. 그런데 민석을 통해, 내 눈동자를 기억해 주는 이가 있음을 깨달았다. 나처럼 눈동자 수집가나 시선 전문가가 아니더라도, 사람이라면 누구나 평생 간직하고 싶은 눈동자가 하나쯤 있음을 알게 되었다.

내가 아는 소설가는 이 깨달음조차 질문에도 적용이 가능하다며 우길지도 모른다. 그러나 눈동자와 질문은 엄연히 다르다. 나는 눈동자가 타인과 소통하는 최선의 길임을 양보할 뜻이 전혀 없다. 질문에 집착하는 소설가는 더러 실수를 저지르지만, 나는 아직까지 단 한 번도 실수하지 않은 눈동자 수집가다. 그게 바로 나다.

활동하기

❶ 다음은 이 소설의 사건을 순서대로 나열한 것입니다. 빈칸에 들어갈 말을 적으며 내용을 파악해 봅시다.

　　　　　　　　　세월호 참사 발생

민석	봄이
4층 복도에서 여학생에게 순서를 양보하며 여학생들 허리에 먼저 호스를 묶어 주었다.	중앙홀 우현 출구 열린 문 아래, 3층에서 4층으로 이어진 계단 난간 유리관 위에 서 있었다.
① _____ 자신의 허리에 호스 묶는 것을 힘들어했다.	② _____을/를 친구에게 줘서 입고 있지 않았다.

"③ _____?"

　　　　　　　　　　'나'

'나'는 내려가서 민석에게 "④ _____"라고 혼낸 뒤, 민석의 허리에 호스를 둘러 묶어 위쪽으로 올려 보냈다.	내 눈물이 선내로 떨어져 그녀의 ⑥ _____에 닿았다. 그녀는 손등으로 눈을 닦은 오른손을 나를 향해 뻗었다.
허공에 떠오른 학생이 나를 내려다보는 젖은 ⑤ _____을/를 담았다.	아무 말도 하지 못한 채 여학생의 ⑦ _____ 속 둥근 어둠을 내려다볼 수밖에 없었다.

168　중학교 소설 읽기

❷ 다음 상황에서 주인공이 어떤 심정이었을지 함께 생각해 봅시다.

복직한 후로는 사다리에서 내려다보는 것도 힘들었다. 오히려 예전보다 지상이 더 또렷하게 보였다.	①
많은 이들이 거듭 물었다. 왜 당신은 3차 청문회에 생존자 대표로 참석해서 발언까지 했냐고. 당신처럼 행동하는 일반인 생존자는 없지 않냐고.	②
"정신 똑바로 차리라고 따끔하게 혼을 내셨어요. …… 걱정 말라고, 아저씨만 믿으라고. 호스로 제 허리를 꽉 묶어 주셨고요. 고맙습니다."	③

❸ 이 작품의 제목은 '눈동자'입니다. '나'는 왜 '눈동자'를 기억하게 됐는지, 그리고 '눈동자'가 무엇을 의미하는지 자신의 생각을 적어 봅시다.

다르게 읽기

❹ 다음 글을 읽고 '반복되는 참사'의 연결 고리를 끊기 위해 우리는 무엇을 할 수 있을지 말해 봅시다.

> 국립 재난 안전 연구원에 따르면 1964년부터 2013년까지 10인 이상이 사망한 '대형 재난'은 무려 276건이었다. 50년간 두 달에 한 건씩 참사가 발생한 셈이다.
> ⋮
> 1993년 10월 10일 서해 페리호 침몰(292명 사망)
> 1994년 10월 21일 성수대교 붕괴(32명 사망, 17명 부상)
> 1995년 6월 29일 삼풍백화점 붕괴(502명 사망, 937명 부상, 6명 실종)
> 2003년 2월 18일 대구 지하철 화재(192명 사망, 148명 부상, 21명 실종)
> 2014년 2월 17일 마우나 리조트 붕괴(10명 사망, 103명 부상)
> ⋮
> 대형 참사의 원인을 따라가 보니 결국 사람이 문제였고 사회 시스템이 문제였다. 사람의 안전과 생명보다 이윤 추구가 먼저였고, 기업과 정부의 결탁으로 인한 부정부패가 모든 참사의 원인으로 거론되었다. 또한 참사가 일어났을 때 재난 대응 시스템이 제대로 작동된 적은 없었고 관련 책임자를 엄하게 처벌하는 법 제도도 없었다.

 작품 해설

끔찍한 비극 앞에서도 침몰하지 않는
아름다운 사람들

2014년 4월 15일 인천항을 출발하여 제주도로 향하던 여객선 세월호가 4월 16일, 전남 진도군 병풍도 앞 인근 바다에서 침몰해 295명이 사망하고 5명이 실종되었습니다.

이 작품은 실제 세월호 참사 생존자와의 인터뷰 내용을 바탕으로 창작된 소설입니다. 주인공은 세월호 참사를 겪으며 눈앞에서 죽어 가는 사람을 무기력하게 보아야 했던 사람이었습니다. 충격적인 경험을 한 주인공은 트라우마를 겪고 결국 직장을 그만두어야 했습니다.

주인공은 처음부터 학생을 구해야겠다는 생각을 하진 않았습니다. 그런데 구조를 하던 중 끝까지 순서를 양보하는 남학생을 보고 마음에 변화가 일어납니다. 결국 자신이 직접 내려가 그 남학생을 구하게 됩니다. 그런데 또 다른 출구에서 봄이를 보게 됩니다. 봄이도 자신의 구명조끼를 친구에게 양보했습니다. 주인공은 다른 사람을 위해 양보하는 아이들을 보며, 자신이 아무것도 해 줄 수 없는 어른이라는 사실에 미안함과 죄책감을 느낍니다. 그리고 '어른'이라는 사람에게 던지는 '아이'의 질문, "아저씨, 난 어떻게 해요?"에 대답할 수 없었기에 그는 청문회와 광화문 노란 리본 공작소 등으로 가서 '어떻게'든 '무언가'를 '하고' 있는 것입니다.

이 작품이 실린 『아름다운 그이는 사람이어라』를 쓴 작가는, "참혹하고 안타깝고 돌이킬 수 없는 슬픔으로 가득"한 상황에서도 사람과 사람의 만남이 그 비극을 극복할 수 있는 힘이 된다고 말합니다. 우리의 삶에서 가장 중요한 것은 '사람'일 것입니다. 세월호 참사의 비극 속에서 우리 곁에 있는 사람들을 잊지 말고 소중히 여겼으면 합니다.

엮어 읽기

최은영, 『쇼코의 미소』 중 「미카엘라」

광화문을 찾은 엄마는 찜질방에서 세월호 희생자의 유가족을 만나게 되고 희생 학생의 이름이 딸의 이름과 같다는 것을 압니다. '나'는 엄마를 찾으러 광화문에 갔다가 엄마를 닮은 유가족에게서 세월호 사건을 잊지 말아 달라는 말을 듣습니다. 세월호 참사의 피해자가 바로 '우리'라는 점을 이야기하는 「미카엘라」와 「눈동자」를 읽고 세월호 참사를 기억해 주길 바랍니다.

교과서 밖 소설

가장의 자격

박상률(1958~)

박상률 작가는 전라남도 진도에서 태어났습니다. 1990년 『한길문학』에 시를, 『동양문학』에 희곡을 발표하면서 작품 활동을 시작했습니다. 시, 동화, 소설, 희곡 등 여러 분야에서 활발한 활동을 하고 있습니다. 특히 청소년들의 꿈과 좌절, 방황 그리고 이를 통한 성장을 다룬 작품들을 꾸준히 발표하고 있습니다. 『봄바람』, 『나는 아름답다』, 『밥이 끓는 시간』, 『세상에 단 한 권뿐인 시집』, 『통행금지』, 『눈동자』 등을 펴냈습니다.

여러분 집에서 '가장'은 누구인가요?

가장은 한 가정을 이끌어 나가는 사람을 말합니다. 바로 떠오르는 사람이 있을 거예요. 집에서 가장의 가장 큰 역할은 무엇일까요? 가족이 살아갈 수 있도록 경제적·정서적 환경을 만드는 게 가장 중요한 일일 거예요.

그런데 그런 의미에서 가장의 역할을 하는 청소년들이 있습니다. 2016년 한국 청소년 정책 연구원의 「청소년 근로 실태 조사 및 제도 개선 방안 보고서」에 따르면 중고생의 1/3이 아르바이트를 하고 있으며, 그중 29%는 생활비를 벌기 위해, 49%는 용돈을 받고 있지만 원하는 소비를 위해 돈을 벌고 있다고 합니다.

여러분은 청소년의 노동에 대해 어떤 입장인가요? 다음 작품을 읽으며 함께 생각해 봅시다.

 한 달 용돈으로 얼마나 필요하나요? 주로 어떻게 마련하나요?

가장의 자격

• 박상률 •

증조할머니가 돌아가셨다. 할머니 앞에 '증조'라고 붙이니까 무척 옛날 사람 같지만, 아빠의 할머니다. 아흔여섯, 거의 한 세기를 살다 가셨다. 작년에 돌아가신 아빠가 살아 계시다면 올해 마흔다섯, 그러니까 할머니는 아빠보다 두 배도 훨씬 더 되는 세월을 살다 가신 거다. 내가 아빠의 할머니에겐 증손자가 된다. 그래서 다들 천수•를 누리셨다고 한다. 어쩌면 고손자를 볼 수도 있었을 것이다. 강씨 집안의 장손인 내가 아이를 낳았으면…….

증조할머니는 열여섯 살에 열세 살인 증조할아버지한테 시집을 왔단다.

"시집와서 처음엔 느그 증조할아부지가 나랑 같이 자지 않으려고 했어. 왜냐하믄 내가 이녁보다 나이도 많아 어렵기도 했지만, 그때까지도 자다가 이부자리에 오줌도 싸고 그래서 색시인 나헌티 챙피했거든! 어디 그뿐이었디야. 밖에 나가서 놀다 들어오믄 까마귀가 '할아부지' 할 만큼 땟국이 거무튀튀하게 흘러도 잘 안 씻으려고 하는 거여. 어이구 참! 내가 어린 동생 세수시키듯 맨날 씻

• **천수** 타고난 수명.

어 주었단께! 그랬더니 차츰 나를 따름시롱 부엌에 살짝 고개 내밀고 '색시, 나 누룽지 좀…….' 하지 않겄어. 그래서 나는 밥 지을 때마다 따로 누룽지를 긁어 두었다가 챙겨서 어린 신랑 주고 그랬제. 그래서 느그 증조할아부지 별명이 누룽지 신랑이여!"

증조할머니는 시집살이의 고단함보다는 어린 신랑 때문에 겪었던 일이 더 오래 기억나는지 명절 때마다 그 이야기를 풀어놓으시곤 했다. 그런데 그 할머니가 돌아가셨다. 증조할아버지가 여든 살에 돌아가셨으니까 증조할아버지 없이 혼자서 10년도 더 넘게 살다 돌아가신 것이다.

이제 아빠가 안 계셔서 내가 가장의 자격으로 장례를 치르러 가야 했다. '남자의 자격'이 아니라, '가장의 자격'으로 말이다. 아빠가 있을 땐 잘 몰랐는데 가장 노릇이 만만치 않다. 어린 나이를 핑계 삼아 피하고 싶다 해서 피할 수 있는 게 아니었다. 나이가 적든 많든 강씨 집안 장손은 장손인 것이고, 집에서도 아빠 대신 해야 할 일이 많았다.

시골에서 증조할머니 장례를 치르고 다시 서울에 왔다. 직계 존속●의 장례에 갔다 온 것이라 학교에서 결석 처리는 하지 않았다. 하지만 결석 처리가 되지 않았다고 학교생활에 아무런 일이 없었던 건 아니었다. 그새 등록금과 급식비가 나와 있었다.

원래 건강 보험료를 많이 내지 않으면 학비와 급식비가 감면●되었다. 아빠는 잡역부●였지만 회사 소속이어서 건강 보험료를 제법 많이 냈다. 그러나 아빠가 세상을 떠나자 보험료가 팍 줄었다. 집이

● **직계 존속** 조상으로부터 직계로 내려와 자기에 이르는 사이의 혈족. 부모, 조부모 등을 이른다.
● **감면** 매겨야 할 부담 따위를 덜어 주거나 면제함.
● **잡역부** 여러 가지 자질구레한 일에 종사하는 남자.

있는 것도 아니고 다른 재산도 없는데다 소득 잡히는 것도 없어 월 3만 몇백 원 낸다. 그런데 그 3만 몇백 원이라는 액수가 참 어중간했다. 2만 9,000원 미만이면 학비와 급식비 둘 다 감면이 되고, 4만 3,000원 미만이면 학비만 감면되고 급식비는 다 내야 된다. 그런데 천 몇백 원 차이로 급식비 감면이 안 되는 것이었다.

나 없는 동안 담임 선생님은 아이들 호구 조사를 다 마쳐 놓고 있었다. 나를 규정대로 학비 감면 대상으로만 분루를 해 놓았다.

"저는 그럼 점심은 굶어야 되는군요……."

자존심이 상했지만 나는 그렇게 말하지 않을 수 없었다.

담임 선생님은 내 사정이 딱해 기초 생활 수급 대상자인지도 알아보고 한 부모 가정 자녀로 담임 추천까지 했지만 형편이 더 어려운 아이들이 많아 나는 자꾸만 뒤로 밀렸다. 그래도 나는 엄마가 있고 동생도 같이 살지만, 아예 부모 없이 할아버지 할머니하고 살거나 친척 집에 얹혀사는 아이들이 많았다.

"어쩔 수 없지요. 제가 아르바이트해서 급식비는 마련해 볼게요."

담임 선생님도 처지가 참 난처한 모양이었다.

"그래, 규성이 네가 이해해 주어서 고맙다……. 우리 반 아이들이 원체 어려운 집안에서 학교에 다니는 이들이 많아서……."

우리 반 아이들만 형편이 어려운 것이 아니다. 공업 고등학교 아이들 대부분이 어렵다. 중학교 때하곤 또 달랐다.

그래서 나는 꼬꼬큰닭치킨집에 배달원으로 취직하였다. 점심 급식이라도 내 돈 내고 먹으려고…….

"강 부장, 배달! 저기 사거리 오른쪽에 있는 세탁소 건물 알지?

거기 뒷집!"

 가게에 들어서자마자 사장이 치킨 포장 꾸러미를 건네주며 배달을 지시했다. 미처 헬멧도 벗지 않은 상태에서 나는 다시 가게를 나와 오토바이에 올라탔다. 아직 열기가 식지 않은 오토바이에 시동을 걸었다.

 나는 지금 꼬꼬큰닭치킨의 배달 부장이다. 그래서 강 부장이다. 부장이라는 직함이 말해 주듯 다른 건 몰라도 배달만큼은 자신 있다. 더구나 이번 배달처럼 배달지가 확실한 곳은 더 쉽다. 번지가 복잡한 아파트 뒤 산동네도 지도만 보면 척척 찾아갈 수 있기는 하지만 지도를 보고 위치를 궁리하는 시간이 걸리는 건 어쩔 수 없다.

 작년까지만 해도 내가 '배달의 기수'는 아니었다. 그때만 해도 꼬꼬큰닭치킨집 닭을 먹던 소비자였으니까. 그런데 1년 사이에 소비자에서 배달 부장으로 위치 이동을 했다.

 평범한 학생이자 꼬꼬큰닭치킨의 소비자였던 내가 꼬꼬큰닭치킨의 배달 부장이 되었다는 건 내 삶이 송두리째 바뀌었다는 뜻이기도 하다. 중학생에서 공업 고등학교 학생이 되었고, 아빠 대신 돈벌이를 해야 하는 한 집안의 가장으로 내 신분이 바뀌었다.

 아빠가 교통사고를 당하지 않았다면 어떻게 되었을까? 나는 지금 아주 평범한 인문계 고등학생이 되어 있을 것이다. 아빠가 힘들게 노동일을 했지만 나는 아빠의 희망을 등에 업고서 비교적 고이 자라던 아이였으니까. 모르긴 몰라도 아빠는 나를 대학 보낼 욕심에 인문계 고등학교로 진학시켰을 것이다.

 "규성아, 아빠다! 오늘 뭐 사 가지고 갈까?"
 "꼬꼬큰닭치킨!"

아빠는 공사장에서 일을 끝내고 돌아올 땐 늘 집으로 전화를 해서 내게 간식거리를 물었다. 그러면 나는 그때마다 아주 당연하다는 듯이 꼬꼬큰닭치킨이 먹고 싶다고 했다. 그런데 이젠 그런 아빠가 없다. 그 대신 내가 꼬꼬큰닭치킨집의 배달 부장이 되었다.

아빠는 힘든 티를 좀체 내지 않으셨다. 뭐든 긍정적으로 생각하는 성격이셨다. 나와 동생이 원하는 것이면 뭐든지 해 주려고 애쓰셨다.

"너희들이 먹고 싶다는 건 뭐든지 먹게 해 주는 게 아빠의 즐거움이야! 아빠는 어려서 먹고 싶은 것 못 먹고 자라 키도 크지 않았거든!"

엄마는 없는 살림에 걸핏하면 치킨까지 사다 먹으면 우린 언제 집 사느냐고 했다. 그러면서 아빠가 애들 입맛까지 버려 놓는다고 눈을 흘겼지만 아빠는 먹고 싶을 때 먹는 게 제일 맛있는 거라며 우리 입을 늘 즐겁게 해 주셨다.

"집이야 굳이 내 집에 살아야 할 필요 없잖아. 아무 데 살아도 이렇게 오순도순 잘 살 수 있는데, 뭐. 또 예로부터 자식 입에 먹을 것 들어가는 것하고 내 논에 물 들어가는 것 보는 것이 세상에서 가장 즐거운 일이라 했어!"

엄마가 눈을 흘길 때마다 아빠가 되풀이하는, 아빠의 어록 같은 말씀이다.

사고를 당하던 날은 일이 끝날 무렵이 되었는데도 아빠의 다정한 전화가 없었다. 그래도 그러려니 했다. 동생이랑 엄마랑 먼저 저녁을 먹고 설거지가 끝났는데도 아빠 전화는 없었다.

"웬일이지? 들어올 때가 지났는데……. 왜 이렇게 늦지?"

그러면서 엄마가 벽시계를 쳐다보았다. 작은바늘이 10 자를 지나 있었다. 나는 아빠가 들어올 시간이 되었는데도 안 들어오시는 것보다 오늘 간식이 없다는 게 못내 아쉬웠다.

엄마가 아빠 휴대 전화에 전화를 걸었다. 신호는 가는데 받지 않았다. 아빠가 전화를 안 받는다고 엄마가 투덜댔다. 그래도 그러려니 했다. 전화야 못 받을 수도 있으니까. 집안의 고요함과 평화로움이 깨진 것은 바로 그 순간이었다. 전화 수화기를 놓자마자 바로 전화가 울린 것이다. 전화를 받은 엄마는 당황한 듯 목소리를 떨고 있었다.

"예? 어디라고요? 병……원……요?"

전화를 받다 말고 엄마가 제자리에 풀썩 주저앉았다.

나와 동생은 놀라 엄마를 쳐다보았다. 엄마가 어렵게 입술을 달싹거렸다.

"아빠가 교통사고를…….''

엄마의 말이 미처 끝나기도 전에 나와 동생은 거의 동시에 소리를 질렀다.

"예? 뭐라고요?"

엄마는 아무런 말도 하지 못한 채 고개만 저었다.

"아빠 어느 병원에 있대요?"

엄마는 가까스로 한마디 했다.

"이미…….''

아빠가 죽었다는 얘기였다. 믿을 수 없는 일이었다.

병원 측에서 아빠 휴대 전화에 찍힌 전화번호로 다시 전화를 건 것이다. 아직 경찰의 신원 조회가 끝나지 않아 연고자•를 못 찾고

• **연고자** 혈통, 정분, 법률 따위로 맺어진 관계나 인연이 있는 사람.

있었던 것이다.

아빠는 일터에서 일을 끝내고 동료들과 회식을 했다. 마침 술기운이 오른 동료들이 한잔 더 하자고 붙들었지만 아빠는 먼저 간다고 자리에서 일어났단다. 그런 뒤 아빠는 소식이 끊겼다.

아빠는 집에 다 이르렀을 때 꼬꼬큰닭치킨집을 들렀다. 여느 때처럼 양념 치킨 반 마리에 후라이드 치킨 반 마리를 섞어 샀다. 그리고 가게 문을 나섰다. 횡단보도의 파란 불빛이 깜박거리긴 했지만 충분히 건너갈 수 있을 것 같아 뛰었다. 그런데 그때 막 신호를 무시한 오토바이 한 대가 쏜살같이 지나갔다. 아빠는 오토바이에 치이고 만 것이다. 아빠가 땅바닥에 뒹구는 사이 오토바이는 달아나 버렸다.

근처 가게 사람들이 구급차를 불러 아빠가 병원에 도착했을 땐 이미 명줄이 오락가락하고 있었다. 뺑소니 친 오트바이의 목격자를 찾는다는 현수막이 횡단보도 한쪽에 한 달 넘게 걸려 있었지만 아무런 제보도 없었다.

아빠의 장례를 치르고 나자 앞으로 살길이 막막했다. 엄마가 식당으로 일을 나갔지만 벌이는 시원치 않았다. 제발이지 시간이 고장이라도 나서 다시 옛날로 돌아가 아빠의 죽음이 무효가 되었으면 좋겠다. 그러나 그럴 수 없는 일……. 그래서 나는 가장으로서 결심하지 않을 수 없었다.

"엄마, 나 공고 갈 거야. 아빠도 안 계신데 대학까지 갈 수 없잖아. 거기 가서 빨리 기술 배워 취직할 거야. 다니는 동안은 아르바이트하고!"

엄마는 눈물만 훔칠 뿐 뭐라고 말을 하지 못했다. 사실 집안 사정으로 보면 공업 고등학교조차도 다니기 힘들었다.

공업 고등학교는 인문계 고등학교와 달리 전공을 나누는 과가 있었다. 나는 통신과를 지원했다. 휴대 전화 같은 것이 앞으로 더 진화할 것 같았다. 그래서 통신과에서 뭘 배우는지조차 따져 보지 않고 막연히 이름만 보고 지원한 것이다.

"두고 봐. 10년 안에 강규성 핸드폰이 나올 거니까!"

나는 엄마와 동생 앞에서 애써 밝은 표정을 지으며 너스레를 떨었다. 아빠도 한 번도 죽는소리˙를 하지 않았다. 나도 아빠 성격을 닮긴 닮은 모양이었다.

꼬꼬큰닭치킨 배달 일은 나쁘지 않았다. 열여섯 살 전에는 오토바이 면허를 딸 수 없어서 처음엔 배달을 못 하고 가게 안에서 손님들 시중을 들었다. 그러다가 열여섯 살 생일이 지나자마자 바로 오토바이 면허를 따서 배달 일을 다니기 시작했다. 반 아이들 가운데 몇몇은 벌써 자기 오토바이도 있다. 나는 내 오토바이를 가질 형편이 못 된다. 하지만 가게 오토바이나마 실컷 몰 수 있어 좋았다. 바람을 가르며 씽씽 달리는 그 순간만은 모든 일을 잊을 수 있어 좋다. 아빠의 죽음도, 우울한 집안 분위기도, 고달픈 치킨집 일도, 재미없는 학교생활도 오토바이만 타면 다 잊을 수 있었다. 그러나 엄마는 오토바이를 모는 내가 몹시 걱정되는 모양이었다.

"아빠가 오토바이 때문에 사고를 당했잖아. 너도 항상 조심해야 돼. 사람이 지나가는지 안 지나가는지 도로 잘 살피고, 너무 속도 내지 말고……."

˙ **죽는소리** 변변찮은 고통이나 곤란에 대하여 엄살을 부리는 말.

아빠가 세상을 뜬 뒤 엄마는 한동안 오토바이 소리만 나도 얼굴이 굳어질 정도였다. 그러나 내게 오토바이를 모는 일을 당장 그만두라고 할 수도 없어 걱정만 태산이시다.

차츰 꼬꼬큰닭치킨집 일이 몸에 배어들었다. 그러자 힘든 날엔 학교를 가기 싫었다. 그냥 이대로 일을 배워 일찍 돈벌이나 본격적으로 할까 하는 생각이 슬몃슬몃 일었다.

'학교 다니면서 아르바이트까지 하기는 너무 힘들어. 그냥 학교 그만두고 일찌감치 돈벌이나 할까 보다.'

나는 하루에도 몇 번씩 스스로에게 물었다. 학교를 그만두고 아예 돈벌이에 나설까, 학교 다니면서 아르바이트를 할까.

아이들 대부분이 학교가 파하면 아르바이트를 하는 처지라 정작 수업 시간에는 책상 위에 엎드려 잔다. 선생님들도 아이들의 사정을 다 아는지라 크게 신경을 쓰지 않는다. 어쩌다 선생님들한테 대드는 아이들만 조심할 뿐이다.

'증조할아버지는 나보다 더 어려서 장가도 들었잖아, 그렇다면…….'

나는 엉뚱하게도 기왕에 가장 노릇을 하려면 학교부터 때려치워야겠다는 생각이 들었다. 예전엔 내 나이보다 어린 사람이 가정을 이루기도 했는데 언제까지 이러고 살아야 하나 싶었다. 그런 생각을 하자 학교에서 하는 모든 일이 다 시시해 보였다.

성교육 시간만 해도 그렇다. 이미 아이들은 인터넷을 통해 알 것은 다 안다. 그런 아이들한테 임신·수유·성병이 어쩌고저쩌고 하는 비디오만 보여 주고 있으니 아이들이 흥미를 갖겠는가. 나도 그 정도는 이미 중학교 때 다 알아 버려서 흥미가 없다. 그러니 그쪽으로 더 발달한 아이들은 얼마나 시시하겠는가.

좌우지간 학교에서 하는 성교육은 한마디로 청소년은 성행위를 해서도 안 되고, 또 성에는 성폭력과 성병의 위험이 늘 도사리고 있으니 아예 그쪽은 쳐다보지도 말라는 식이다. 그런 걸 교육이라고 하니 아이들도 피식피식 웃고 교육하는 선생님도 눈 가리고 아웅• 하는 식이라 곤혹스러워한다.

각 교과 공부는 또 어떤가? 아이들 누구도 관심을 갖지 않는다. 선생님 혼자서 원맨쇼를 하고 나간다. 그런 선생님이 되레 딱하다. 여선생님은 아이들을 잘 다루지 못하고 걸핏하면 울기까지 한다.

그러나 아이들 누구도 선생님을 불쌍하게 여기거나 무서워하지 않는다. 선생님들이야말로 세상 물정 모르고 고상한 소리만 해 대는 어른으로 여긴다.

나도 처음엔 그러면 안 된다는 생각을 했지만 공업 고등학교 물을 먹다 보니 아이들하고 거의 같은 생각과 행동을 하게 되었다.

점심 먹고 자투리 시간을 죽이고 있는데 볼멘소리•가 들렸다.

"아이고 지겨워! 차라리 아르바이트 시급 잘 챙겨 받는 요령 같은 거나 가르쳐 주면 좋겠구먼. 꼰대들은 맨날 알아듣도 못하는 소리만 하는데 또 오후 수업 준비해야 돼? 학교를 점심 먹는 재미로 다니는 것도 아니고 말야."

학교가 끝나면 저녁 내내 주유소에서 기름총을 쏘는 기동이가 투덜거렸다.

• **눈 가리고 아웅** 실제로 보람도 없을 일을 공연히 형식적으로 하는 체하며 부질없는 짓을 함을 비유적으로 이르는 말.
• **볼멘소리** 서운하거나 성이 나서 퉁명스럽게 하는 말투.

"누가 아니래! 으, 씨발, 학교고 지랄이고 다 때려치우고 살림이나 차려 버려!"

기동이의 투덜거림에 맞장구치는 소리다. 요즘 한창 여자애 만나는 재미로 사는 학준이였다.

"얌마, 니가 뭔 돈으로 살림을 차리냐? 그리고 나이도 차야 살림이고 뭐고 차리지!"

기동이가 어이없다는 표정을 지으며 학준이 말을 받아쳤다.

"이 대목에서 돈은 무슨 얼어 죽을 소리냐. 우리 반 아이들 부모 꼬라지들 봐라. 뭐 부모들이 돈 있어서 결혼한 것 같냐? 그리고 나이는 무슨 상관이야. 조선 시대에도 남자가 열다섯 살만 되면 장가들 수 있었는데, 지금이라고 못 할 것 어디 있어?"

"어디서 조선 시대 얘기는 들어가지고……. 저번에 성교육 시간에 안 배웠어? 민법인가 뭔가 하는 법에서 성인만 결혼할 수 있게 해 놓았다잖아. 법으로 성인은 스무 살이 되어야 한다잖아."

"너는 하나는 알고 둘은 모르냐? 결혼은 열여덟 살이면 할 수 있다고 했잖아."

"하나는 알고 둘은 모르는 소리 지가 하고 있네. 그 나이 때 결혼하려면 반드시 부모 허락이 있어야 하는 거라 했거든!"

"그건 혼인 신고 하고 사는 사람들 얘기지. 난 어차피 혼인 신고 안 할 건데 나이가 뭔 상관이야? 그리고 내 부모가 어디 있어?"

여기서 이야기는 멈추고 말았다.

아닌 게 아니라 혼인 신고 안 하고 동거하면 되는데 나이가 무슨 상관이겠는가. 게다가 학준이는 부모 없이 친척 집을 떠돌며 살고 있다. 그러니 어쩌면 살림을 차리는 게 더 안정된 생활을 할 수 있을

지도 모른다. 둘은 언제 저렇게 괜찮은 정보를 쫙 꿰었느냐 싶게 제법 말이 되는 소리를 주고받더니, 둘 다 금세 시무룩한 모드로 진입했다. 말로야 무슨 소리인들 못 하겠는가…….

곧 오후 첫 수업이 시작되었다. 역시나 선생님은 떠들고 아이들은 대부분 책상 위에 엎드렸다. 식곤증이 몰려오는 시간이기도 하지만, 밤늦게까지 아르바이트를 하기 위해선 미리 잠을 자두어야 한다. 나도 책상 위에 엎드렸다.

선생님의 목소리를 자장가 삼아 어렴풋이 잠이 들었나 싶었는데, 아이들 떠드는 소리가 나서 눈을 떴다. 한 시간이 끝나 있었다.

"야, 근데 살림 차리면 학교 짤릴까?"

학준이가 다시 자신의 문제를 꺼냈다.

"교칙대로 하면 당연히 짤리지! 그런데 예식 치르면서 소문내 가며 살림 차릴 거 아니잖아? 조용히 살면 누가 알겠어!"

주영이가 명쾌하게 정리해 주었다.

나는 고개를 끄덕였다. 역시 자기 분야가 확실한 주영이다운 발상이었다. 굳이 소문내고 살림 차릴 것 없는 일이었다.

'증조할머니와 증조할아버지야 우리보다 어린 나이에 결혼을 했지만 그땐 자랑스러운 일이었겠지. 근데 지금은 뜨거운 청춘을 학교에 다 잡아 가둬 두고 있으니……. 히, 나도 그 나이에 결혼했으면 증조할머니한테 고손자를 안겨 줄 수 있었을 텐데…….'

고등학교 다니면서 결혼도 하고 돈벌이도 하면 안 되나? 부모 없는 학준이 같은 애들도 가정을 이루면 훨씬 더 안정감 있게 살 수 있을 텐데…….

어쩌자고 조선 시대보다 더 답답한 세상이 되었는지 모르겠다. 조선 시대는 놔두고 증조할머니 때보다도 더 못해졌다. 아무래도 시간이 고장 난 모양이다. 그러지 않고서야 문명이 진화했다는 21세기의 우리들이 조선 시대 아이들보다 못한 청춘을 보내야 되겠는가.

미래를 위해서 학교를 다니고 공부한다지만 대한민국의 공고생에게 미래가 열리면 얼마나 열리겠는가? 그냥 지금 피 끓을 때 할 수 있는 일이라도 해야 되지 않을까?

증조할머니처럼 한 세기 가까이 사는 사람도 있지만 아빠처럼 반세기도 못 사는 사람도 있다. 그렇다면 나의 명줄은 어디까지 이어져 있을까? 나뿐만 아니라 아이들도 그걸 안다면 재미없더라도 학교를 계속 다니든, 돈벌이에 본격적으로 나서든, 안정된 생활을 위해 살림을 차리든, 결정하기가 훨씬 쉬울 텐데…….

활동하기

❶ 규성이가 '가장'으로서 한 일을 정리해 봅시다.

- 나이가 어리지만 아버지 대신 증조할머니 장례식을 치름.
-
-

❷ 규성이는 가장으로서 '자격'이 충분한지 판단해 봅시다. 그리고 자신이 생각하는 '가장의 자격'은 무엇인지 적어 봅시다.

- 규성이는 가장으로서 자격이 (충분하다 / 부족하다).
  왜냐하면 ① _____
  _____
  _____

- 내가 생각하는 '가장의 자격'이란, ② _____
  _____

❸ 다음 부분을 중심으로, 규성이의 생각에 문제가 있는지 아니면 청소년이 독립할 수 있는 여건을 만들지 못하는 우리 사회에 문제가 있는지 근거를 들어 자신의 생각을 정리해 봅시다.

> 고등학교 다니면서 결혼도 하고 돈벌이도 하면 안 되나? 부모 없는 학준이 같은 애들도 가정을 이루면 훨씬 더 안정감 있게 살 수 있을 텐데…….
> 어쩌자고 조선 시대보다 더 답답한 세상이 되었는지 모르겠다. 조선 시대는 놔두고 증조할머니 때보다도 더 못해졌다. 아무래도 시간이 고장 난 모양이다.

☐ 나는 규성이의 생각에 문제가 있다고 생각한다. 왜냐하면 _____
_____

☐ 나는 우리 사회에 문제가 있다고 생각한다. 왜냐하면 _____
_____

다르게 읽기

❹ 이 작품에는 아르바이트생에게 '갑질'하는 악덕 고용주는 나타나지 않았습니다. 하지만 아르바이트를 하면서 부당한 대우를 받았다는 의견도 많습니다. 청소년들의 정당한 노동을 위해, 학교나 사회에서 필요한 것은 무엇일까요?

- 노동 인권 교육
-
-

가장의 자격 • 박상률

 작품 해설

학교 그만두고 일찌감치 돈벌이나 할까

아버지의 갑작스러운 교통사고로 규성이는 치킨집 소비자에서 배달 부장으로 위치 이동을 합니다. 아빠 대신 돈벌이를 해야 하는 한 집안의 가장으로 삶이 바뀐 것입니다. 그래서 나이가 어려도 증조할머니의 장례식도 치르고, 급식비를 내기 위해 아르바이트도 하며, 취직을 빨리 할 수 있는 특성화 고등학교로 진학도 합니다.

아르바이트로 삶이 고단해지면서 규성이는 학교를 꼭 다녀야 하는지 고민을 합니다. 학교에서 배우는 내용들이 흥미도 끌지 못하고, 노동하는 지금의 삶에도, 미래를 위해서도 큰 도움이 될 것 같지 않기 때문입니다. 차라리 가장 노릇을 하려면 일찌감치 학교를 그만두고 돈벌이를 시작해 자립하는 것이 더 안정적인 생활을 할 수 있겠다는 생각마저 합니다. 직장에서 강 부장으로 인정도 받고 있고요.

그러고 보니 문명이 진화했다는 21세기의 청소년들이 조선 시대 아이들보다 더 답답하게 학교에 붙들려 청춘을 보내고 있다고 탄식합니다. 학교에서 배우는 공부만이 진짜 공부이고 가장이 되려면 학교를 꼭 다녀야 하는지 반문합니다. 작가는 "그냥 지금 피끓을 때 할 수 있는 일이라도 해야" 한다고 말합니다. 불과 증조할머니 세대에도 열여섯이면 결혼하는 게 자랑스러운 일이었고, 아빠처럼 반세기도 못 살 수도 있으니까요.

한편 이 작품을 통해 청소년 아르바이트의 현실에도 관심을 갖게 됩니다. 많은 청소년들이 생계를 위해, 자기 용돈을 스스로 벌기 위해, 사회 경험을 위해 아르바이트를 하고 있습니다. 하지만 청년도 제대로 대접받지 못하는 현실에서 청소년의 아르바이트 현실은 차갑기만 합니다. 공부의 목표가 홀로 서는 것이라고 할 때 아르바이트는 여러 가지 면에서 권장할 일입니다. 청소년이 긍정적인 사회 경험을 할 수 있도록 제도적으로 뒷받침하는 일이 꼭 필요합니다.

엮어 읽기

양호문, 『별 볼 일 있는 녀석들』

얼른 경제적으로 독립하고 싶은 강후는 어렵게 닭발집에서 숯불을 피우는 아르바이트를 합니다. 하지만 악덕 사장 때문에 마음고생이 많습니다. 동네에서 아르바이트하며 만난 '녀석들'도 악덕 사장들의 만행 때문에 분통을 터뜨릴 일이 많습니다. 그럼에도 아르바이트를 통해 진로를 찾고 스스로의 힘으로 독립하려는 건강한 청소년들을 만날 수 있는 이야기입니다.

북한
교과서
소설

골치거리를
수매하였던 아이

전봉욱

전봉욱 작가는 북한의 아동 문학가입니다. 북한의 대표적 아동 잡지인 『아동문학』에 동화 「철림이의 쌍안경」을 발표하였습니다.

　원하는 건 뭐든지 뚝딱 이루어 주는 도깨비 방망이 이야기를 들어 보았나요? 꼭 세 가지 소원만 들어준다는 요정 이야기는 아시나요? 7개의 구슬을 다 모으면 어떤 소원이든 이루어 주는 드래곤볼 이야기는요?
　사람은 누구나 저마다의 골칫거리를 안고 살아갑니다. 소원을 들어주는 동화 속 요정이나 도깨비처럼, 고맙게도 나의 골칫거리를 나에게서 사 가겠다는 박사 할아버지가 있습니다. 그 할아버지를 만난다면 여러분은 어떤 골칫거리를 팔고 싶나요?
　골칫거리를 수매하는 '만능과학연구소'에 간 주인공 '정달이'는 무슨 골칫거리를 판매하고 싶었을까요? 그 골칫거리를 팔고 나서 정달이는 만족하고 행복해졌을까요?
　골칫거리가 없어진 정달이의 생활 속으로 들어가 봅시다.

 골칫거리가 하나도 없는 삶이 항상 기쁘고 행복하기만 하다고 말할 수 있을까요?

골치거리를 수매하였던 아이

• 전봉욱 •

참 세상에 별난 수매상점이 다 있다질 않습니까.

식료품을 수매받는 상점이나 농산물을 수매 받는 상점들은 흔히 있지만 글쎄 골치거리*를 수매받는 '상점'이 있다는 소리는 아마도 처음 들을것입니다.

어느 여름방학때였습니다.

학급동무들과 함께 야영을 떠나려던 정달이는 마을 한끝에 자리잡고있는 만능과학연구소에 골치거리를 수매받는 '상점'이 새로 생겨났다는 희한한 소리를 듣게 되였습니다.

글쎄 그곳에서는 아이들이 골치거리로 여기는 모든 것을 무엇이나 수매받는다는것이였습니다.

부쩍 호기심이 동한 정달이는 동무들과 함께 골치거리를 수매받는 만능과학연구소로 달려갔습니다.

'골치거리를 수매받습니다.'라고 쓴 방에서는 머리가 허연 박사할아버지가 아이들을 반갑게 맞아주었습니다.

"박사할아버지, 여기선 어떤 골치거리를 수매받나요?"

• **골치거리** 성가시거나 처리하기 어려운 일. 남한 표기로는 '골칫거리'이다.

정달이가 묻자 박사할아버지는 아이들을 괴롭히는 골치거리는 어떤것이든지 다 수매받는다고 하였습니다.

"야, 참 좋네. 박사할아버지, 그럼 내 졸음을 수매받아주세요."

공부시간에 끄덕끄덕 졸기를 잘하여 늘 골치를 앓고있던 영만이라는 애가 졸라댔습니다.

그러자 박사할아버지는 새하얀 종이에 '골치거리=졸음병'이라고 썼습니다.

그리고는 그 종이를 영사막●이 달린 기계에 넣었습니다.

"이 영사막앞으로 다가오너라."

영만이가 영사막앞으로 바투 다가서는 순간 박사할아버지는 기계의 스위치를 넣었습니다.

"철컥."

빨간 불이 번쩍거리자 영만이의 머리는 거뜬해졌습니다.

"됐다. 인제는 졸음병을 뚝 뗐으니 열심히 공부하거라."

박사할아버지의 말에 어떤 아이는 코를 풀쩍거리는 나쁜 버릇을 수매시켰습니다.

그 모양을 신기하게 바라보던 정달이는 자기도 골치거리를 수매 시키고싶었습니다.

정달이에게도 큰 골치거리가 있었으니까요.

정달이는 머리를 써야 하는 수학은 영 질색이였습니다.

문학이나 력사 같은것은 그래도 좀 취미가 있었지만 곱하기, 나누기, 더하기, 덜기 등 수자들을 가지고 계산하는 수학은 정달이에게

● **영사막** 영화 따위의 상을 비추어 볼 수 있는, 빛의 반사율이 높은 흰색의 막.

있어서 여간만 큰 골치거리가 아니였습니다.

　수학때문에 선생님과 아버지, 어머니의 꾸지람을 들은적이 한두번이 아니였으니까요.

　이제는 수자만 보아도 머리가 지긋지긋해서 아예 보기도 싫었습니다. 그래서 아이들이 문밖으로 나간 틈을 타서 박사할아버지에게 졸라댔습니다.

　"박사할아버지, 난 수자들만 보아도 막 골치가 아파서 죽겠어요. 그래서 내 머리에 수자들이 아예 들어오지 않게 해주세요. 말하자면 내 머리에서 수학을 수매받아달란 말이예요."

　"뭐라구? 어허, 난 학습을 방해하는 골치거리들은 다 수매받았지만 너처럼 수학을 수매하겠다는 아이는 처음인걸."

　할아버지는 머리를 설레설레 흔들었습니다.

　그래도 정달이는 지꽂게● 달라붙었습니다.

　"박사할아버지, 난 문학이나 력사는 기막히게 잘해요. 그까짓 수학은 박사나 될 아이들에게 필요하지 난 필요없어요."

　"어허, 수학때문에 넌 앞으로 후회를 단단히 할걸."

　"후회가 뭐예요. 두고두고 고맙게 생각할텐더요 뭐."

　떼를 쓰는 정달이를 한동안 바라보던 박사할아버지는 새하얀 종이에 '골치거리=수학'이라고 써서 기계에 넣었습니다.

　정달이가 영사막에 바투 얼굴을 들이미는 순간에 "철컥." 하는 소리가 나더니 빨간 불이 붕붕거리며 켜졌습니다.

　그러자 정달이의 머리속에서는 수자들이며 공식들이 쑥 빠져나

● **지꽂게** '짓궂게'의 북한어.

갔는지 머리가 한결 거뜬해진것 같았습니다.

"야! 인제는 내 머리에서 골치거리 수학이 없어졌구나."

정달이는 기뻐 껑충거리며 돌아와 동무들과 함께 야영의 길을 떠났습니다.

바다가에 높이 솟은 소년단야영소는 오르내릴수 있는 승강기까지 설치된 멋들어지게 생긴 높은 집이였습니다.

정달이는 학급동무들과 함께 5층 5호실에 들게 되였습니다.

정달이와 학급동무들은 승강기에 척 올라탔습니다.

"윙."

승강기는 눈깜빡할새에 5층으로 올라갔습니다.

"자, 이젠 내리자."

동무들이 내리자고 정달이를 불렀으나 정달이는 한번만 더 승강기를 타보고싶었습니다.

그래서 정달이는 혼자서 실컷 승강기를 타본 후에야 승강기문을 열고나섰습니다.

"여기가 몇층일가?"

그런데 이상하게도 문우에 붙은 표쪽마다에는 수자들이 보이지 않고 ' 층 호'라고만 씌어져있었습니다.

'아직 몇층 몇호라고 써붙이지 않은걸 보니 이 소년단야영소는 새로 지은 모양이구나.'

이렇게 생각하던 정달이는 어망결에● 앞에 있는 호실문을 열었습니다.

● **어망결에** 정신이 매우 얼떨떨한 관에.

"어마나!"

호실을 정리하고있던 다른 학교의 녀학생들이 눈이 올롱해서 정달이를 쏘아보았습니다.

"넌 뭐야? 기척도 없이…"

한 녀자애가 깔끔해서 쏘아붙였습니다.

"저… 난 여기가 몇층인지 몰라서…"

정달이는 떠듬거렸습니다.

"넌 문우에 3층 1호라고 써붙인것두 모르니? 참 별난 싱거운 애가 다 있구나."

깔끔하게 생긴 여자애가 따지는 바람에 정달이는 덴겁하여 웃층으로 뺑소니를 쳤습니다.

"에이, 망신을 당했구나."

정달이는 목덜미의 땀을 씻으며 중얼거렸습니다.

"가만, 여기가 몇층이더라…"

정달이는 까리까리하여• 사방을 두리번거렸습니다.

이때 계단에서 내려오던 영만이가 그를 찾았습니다.

"정달아, 빨리 호실에 올라가자."

그제서야 숨이 놓인 정달이는 영만이를 따라 호실로 올라갔습니다.

금노을이 출렁이는 바다가에서의 해수욕, 즐거운 오락회… 야영의 나날은 흘러 오늘은 온갖 새 우짖고 갖가지 꽃들이 만발한 뒤산으로 즐거운 등산야영을 떠나게 되였습니다.

마침 정달이네 학급이 직일근무를 서게 된 날이여서 직일관선생님이 정달이를 불렀습니다.

"정달학생, 오늘 등산야영을 위해 식물표본수첩과 라침판들을 야영생들에게 주려고 해요. 식물표본수첩은 120권이고 라침판은 16개이니 4개 학급에 꼭같이 나누어주세요."

"알았습니다."

정달이는 라침판과 식물표본수첩을 넘겨받으며 힘있게 대답하였습니다.

"식물표본수첩이 120권이고 라침판이 16개라, 4개 학급에 골고루 나누어주려면 어떻게 한다?"

• **까리까리하여** 짚어 말하기 어렵게 몹시 희미하고 어렴풋하여.

정달이는 땅바닥에 쭈그리고앉아 계산을 해보았습니다.

그런데 어떻게 나누어야 할지 영 알수가 없었습니다.

곱해야 할지, 나누어야 할지 수학공식이 좀처럼 떠오르지 않았습니다.

야영생들은 줄지어섰고 학급장들은 라침판과 식물표본수첩을 타려고 달려왔습니다.

"우리 학급몫을 주렴."

"우리것두 빨리 주렴."

학급장들은 너도나도 손을 내밀었습니다.

바빠난● 정달이는 마구잡이로 나누어주기 시작하였습니다.

"얘, 우린 라침판 4개와 수첩 30권을 받아야 하는데 라침판은 5개고 수첩은 25개야."

"우린 라침판은 모자라고 수첩은 남아."

학급장들은 저저마다 투덜거렸습니다.

"저 앤 한심하구나."

"저 앤 수학계산도 할줄 모르는가봐."

정달이는 얼굴이 빨개졌습니다.

만약에 이때 영만이가 달려오지 않았더라면 정달이는 망신을 톡톡히 했을것입니다.

정달이한테서 자초지종을 들은 영만이는 제꺽 수첩 120권을 네 몫으로 나누어 30개씩 주었고 라침판은 4개씩 골고루 나누어주었습니다.

● **바빠난** 몹시 바쁘게 된.

정달이는 그 모양을 바라보며 뒤더수기*만 긁었습니다.

정달이는 자꾸 이런 망신을 당하니 마음을 놓을수 없었습니다. 그래서 영만이의 뒤꽁무니를 바싹 따라다녔습니다.

며칠이 지나자 또다시 정달이가 밤근무를 서는 날이 돌아왔습니다.

직일관선생님은 새벽 다섯시에 동무들을 깨울데 대한 과업을 주었습니다.

'오늘 밤근무를 잘 설테야.'

정달이는 굳게 마음먹었습니다.

온 야영소가 정달이를 믿고 달콤한 꿈나라로 날아가고있었습니다.

사방은 고요한데 똑딱똑딱 시계소리만이 정달이를 동무해주고있었습니다.

똑딱— 똑딱—

시간이 흐를수록 정달이의 눈은 자꾸만 아래로 감겨지기 시작하였습니다.

연신 하품을 하던 정달이는 저도모르게 끄떡끄떡 고개방아를 찧었습니다.

"땡땡—"

시간을 알리는 시계종소리에 정달이는 와뜰 놀라 눈을 번쩍 떴습니다.

정달이는 황급히 시계를 쳐다보았습니다. 그런데 시계의 수자들은 하나도 보이지 않고 시침과 분침만이 보일뿐이였습니다.

'아뿔싸, 시계가 고장났구나.'

---

* 뒤더수기 '뒷덜미'의 북한어.

덴겁해진 정달이는 창밖을 내다보았습니다.

창밖은 환하였습니다.

'아이쿠, 별써 날이 밝았구나.'

정달이는 헤덤비며● 찌르릉— 찌르릉— 신호종을 울렸습니다.

기상신호가 울리자 아래층과 웃층에서, 이방저방에서 아이들이 눈을 비비며 뛰쳐나왔습니다.

"아니 몇시길래 벌써 기상이야?"

모여든 아이들이 시계를 쳐다보며 웅성거렸습니다.

시계바늘이 새벽 두시를 가리키고있었던것입니다.

"몇시긴 몇시야? 벌써 창밖이 환히 밝았는데…"

아이들이 짜증을 부리자 정달이는 화가 나서 창문을 열어제꼈습니다.

"얘, 너 정신이 돌지 않았니? 보름달이 환히 뜬걸 가지고 아침이라니?"

"글쎄말이야. 며칠전에는 나누기계산도 할줄 몰라 쩔쩔매더니 시계까지 볼줄 모르는 천치였구나, 천치!"

"맞았어. 언젠가는 우리 녀자호실에 들어와 몇층인가고 묻던 싱검둥이●야."

남자애들도 녀자애들도 정달이를 쏘아보며 오구작작 떠들어대였습니다.

"너에겐 저 시계가 보이질 않니?"

● **헤덤비며** 공연히 바쁘게 서두르며.
● **싱검둥이** '싱거운 짓이나 싱거운 소리를 잘하는 사람을 놀림조로 이르는 말'인 '싱검쟁이'의 북한어.

영만이가 두시를 가리키는 시계의 수자들을 짚어보였습니다.
"저… 저 시계는 수자판이 없는 고장난 시계야."
"뭐라구? 하하하!"
온 야영소가 떠나갈 듯 웃음판이 터지는데 영만이가 정색하여 물었습니다.
"너 혹시 눈이 잘못되지 않았니?"
그 소리에 정달이는 도리머리*를 저었습니다.
"너 혹시 골치거리를 수매하러 갔을 때 수자들을 보지 못하게 네 머리에서 수학을 수매시키지 않았니?"
영만이의 말에 모두들 눈이 휘둥그래서 정달이를 바라보았습니다.
아, 그때야 정달이는 모든것을 깨달을수 있었습니다.
골치거리로 생각하면서 자기 머리에서 줴버렸던 수학이 얼마나 생활에서 필요한가를! 수학은 골치거리가 아니라 가장 중요한 길동무였다는것을!
'아, 내가 왜 수학을 수매시켰나. … 아, 나는…'
뒤늦게야 뉘우치게 된 정달이는 야영이 끝나자바람으로 마을로 돌아와 만능과학연구소를 찾아갔습니다.
골치거리를 수매받는 상점에서는 학습을 방해하는 나쁜 버릇을 수매시키는 아이들로 붐비고있었습니다.
공부시간을 뚜꺼먹고 새잡이만 하던 아이들과 시험때마다 남의것을 훔쳐보고 쓰던 아이들모두가 나쁜 버릇을 수매시키고있었습니다.

---

* **도리머리** 머리를 좌우로 흔들어 싫다거나 아니라는 뜻을 표시하는 짓.

골치거리를 수매받던 박사할아버지는 문가에 서서 쿨쩍거리는 정달이를 보게 되였습니다.

"너 정달이로구나. 그런데 웬일이냐?"

박사할아버지의 물음에 정달이는 울먹이며 말하였습니다.

"박사할아버지, 미안하지만 내 수학을 돌려주세요."

"아니, 넌 수학이 필요없다면서…"

"아니에요. 난… 난 수학이 꼭 필요해요. 정말이지 내 수학을 찾게 해주세요."

정달이는 박사할아버지의 팔에 동동 매달리며 사정하였습니다.

"음, 난 네가 꼭 찾아오리라 믿었다. 오늘의 시대는 과학의 시대니까, 너희들이 수학을 골치거리로 여기면 동두들과 사회의 버림을 받게 되고 살아갈수도 없단다.

정달아, 수학을 비롯한 모든 기초과학과목은 골치거리가 아니라 너희들의 참된 길동무라는것을 잊지 말아라."

"알았어요. 어서 빨리 수학을 골치거리로 여기던 나쁜 버릇을 떼버리고 수학을 되찾아주세요."

"오냐."

박사할아버지는 정달이를 기계가 있는 방으로 데리고가서 '수학=정달'이라는 글을 써서 기계에 넣었습니다.

그러자 "철컥." 하는 소리가 나는 순간부터 정달이의 눈에는 수자들이 보이기 시작했습니다.

그후부터 정달이는 수학공부에서 앞장섰습니다.

활동하기

❶ 북한 어휘를 추측하여 뜻과 풀이를 줄로 이어 봅시다.

수매하다	•	•	㉠ 수매 기관에 가져다 팔다.
올롱하다	•	•	㉡ 직장이나 학교 등의 모임에 정당한 이유 없이 나가지 않다.
덴겁하다	•	•	㉢ 어린아이들이 한곳에 모여 떠드는 모양.
라침판	•	•	㉣ 뜻밖의 일을 당하거나 겁에 질려 어찌할 바를 모르고 허둥지둥하다.
수자	•	•	㉤ 유별나게 회동그랗다.
오구작작	•	•	㉥ '나침판'의 북한어.
뚜꺼먹다	•	•	㉦ '숫자'의 북한어.

❷ 정달이가 다음과 같이 느낀 것처럼 수학이 생활에 필요한 이유를 더 써 봅시다.

> 수학이 얼마나 생활에서 필요한가를! 수학은 골치거리가 아니라 가장 중요한 길동무였다는것을!
>
> • 숫자를 알아야 승강기에서 내릴 층을 알 수 있다.
> • 숫자를 알아야 시계를 보고 몇 시인지 알 수 있다.
> •
> •

❸ 골칫거리를 사 간다는 상점이 있다면 여러분은 무엇을 수매시키고 싶은가요? 그 이유는 무엇인가요?

나는 _____을/를 수매시키고 싶다.

왜냐하면 _____

_____

📖 북한 교과서 활동 보기

❹ 동화 「골치거리를 수매하였던 아이」의 내용을 단계별로 묶고 해당한 단계의 이야기를 '누가, 언제, 어디에서, 무엇을 어찌하였는가'에 대답하는 방법으로 써넣읍시다.

단계	누가, 언제, 어디에서, 무엇을 어찌하였는가
발생	정달이가 자기의 골치거리 '수학'을 수매시킨다.
발전	①
절정	②
해결	③

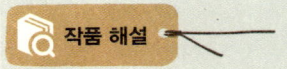 작품 해설

익숙함에 속아 소중함을 잃은 수학을 위하여

북한 교과서에는 간접적이거나 직접적으로 북한 체제를 옹호하거나 찬양하는 작품들이 많이 실립니다. 그래서 북한 교과서의 작품을 읽으면 북한 체제가 강조하거나 지향하는 것이 무엇인지를 알게 됩니다.

「골치거리를 수매하였던 아이」는 정달이가 '수학' 때문에 골치가 아파서 '수학'을 머릿속에서 완전히 없애 버린 뒤에 겪는 곤란을 통해 '수학'의 중요성을 깨닫게 되는 교훈적이고 동화 같은 이야기입니다.

이 작품에도 나라를 부강하게 하는 길은 수학, 과학, 기술의 교육에 있다는 북한 체제, 북한 교육의 지향점이 엿보입니다. 우선 골칫거리를 수매한다는 꿈 같은 이야기가 이루어지는 곳이 마법의 세계나 요술 램프 속이 아니라 만능 '과학' 연구소라는 점이 그렇고요. 다음으로 "오늘의 시대는 과학의 시대니까,~수학을 비롯한 모든 기초과학과목은 골치거리가 아니라 너희들의 참된 길동무라는것을 잊지 말어라."라는 박사 할아버지의 말에서도 드러납니다.

우리나라 교육은 어떨까요? "문학이나 력사 같은것은 그래도 좀 취미가 있었지만~수학은 정달이에게 있어서 여간만 큰 골치거리가 아니였습니다."에서 보듯이 정달이는 흔히 말하는 문과 체질입니다. 교육을 할 때, 문과 체질에 맞는 아이들에게 문과 과목만 잘하게 하고 수학 교육은 안 해도 될까요? 문과 체질에 맞는 아이들에게도 골치 아픈 수학을 억지로 알게 해야 될까요?

저마다 결론은 다르겠지만 이 작품이 마지막에 남겨 주는 교훈은 하나입니다. 바로, 골칫거리가 있을 때, 아무리 골치가 아파도 피하기만 해서는 아무것도 해결되지 않는다는 것이지요.

엮어 읽기

김준호, 『미지수 X』

이 작품은 인문계 고등학교 수학 동아리에서 벌어지는 이야기입니다. 주인공 서지웅은 「골치거리를 수매하였던 아이」의 주인공 정달이처럼 수학을 너무 못해서 골칫거리였습니다. 수학 동아리에서 서지웅이 여학생 지수와 함께 수학을 탐구해 가는 이야기를 통해 작가는, 수학이 공식을 외워 문제를 푸는 따분한 과목이 아니라 삶을 이해하고 학문적 호기심을 불러일으키는 학문임을 보여 주고 있습니다.

작품 출처

- 양귀자, 「길모퉁이에서 만난 사람들」: 『길모퉁이에서 만난 사람』, 쓰다(2015)
- 조정래, 「마술의 손」: 『외면하는 벽』, 해냄(2012)
- 하근찬, 「수난이대」: 『수난이대 외』, 동아출판사(1995)
- 작자 미상 / 장재화 풀이, 「박씨전_낭군 같은 남자들은 조금도 부럽지 않습니다」: 『박씨전_낭군 같은 남자들은 조금도 부럽지 않습니다』, 휴머니스트(2013)
- 작자 미상 / 장재화 풀이, 「토끼전_꾀주머니 배 속에 차고 계수나무에 간 달아 놓고」: 『토끼전_꾀주머니 배 속에 차고 계수나무에 간 달아 놓고』, 휴머니스트(2014)
- 알퐁스 도데 / 표시정 옮김, 「코르니유 영감의 비밀」: 『마지막 수업 외』, 삼성당(2006)

교과서 밖 소설

- 김탁환, 「눈동자」: 『아름다운 그이는 사람이어라』, 돌베개(2017)
- 박상률, 「가장의 자격」: 『세상에 단 한 권뿐인 시집』, 특별한서재(2019)

북한 교과서 소설

- 전봉욱, 「골치거리를 수매하였던 아이」: 『초급중학교 국어 3』, 북한, 교육도서출판사(2015)

작품 수록 교과서

- 양귀자, 「길모퉁이에서 만난 사람들」: 천재교육(박영목) 3-1
- 조정래, 「마술의 손」: 동아출판사 3-1
- 하근찬, 「수난이대」: 지학사 3-1, 교학사 3-2, 금성출판사 3-2
- 작자 미상 / 장재화 풀이, 「박씨전_낭군 같은 남자들은 조금도 부럽지 않습니다」: 천재교육(노미숙) 3-1
- 작자 미상 / 장재화 풀이, 「토끼전_꾀주머니 배 속에 차고 계수나무에 간 달아 놓고」: 천재교육(노미숙) 3-2
- 알퐁스 도데 / 표시정 옮김, 「코르니유 영감의 비밀」: 비상교육 3-1